Veronica Wägner

Kennzeichen unbekannt

SCHNEIDER BUCH

Die Deutsche Bibliothek – CIP-Einheitsaufnahme

Wägner, Veronica:
Tower, bitte kommen! / Veronica Wägner. – München : F. Schneider

Bd. 1. Kennzeichen unbekannt. – 1997
  ISBN 3-505-10529-5

Dieses Buch wurde auf chlorfreies,
umweltfreundlich hergestelltes
Papier gedruckt. Es entspricht den
neuen Rechtschreibregeln.

© 1997 by Franz Schneider Verlag GmbH
Schleißheimer Straße 267, 80809 München
Alle Rechte vorbehalten
© Veronica Wägner 1993
Titel der schwedischen Originalausgabe: Flyg för livet
First published by AB Rabén & Sjögren Bokförlag,
Stockholm in 1993
Titelbild: Thomas Vogler
Umschlaggestaltung: ART-DESIGN Wofrath, München
Lektorat: Iris Praël
Herstellung: Alfred Lahner
Satz: Hans Buchwieser GmbH, München-Kirchheim
Druck: Presse-Druck, Augsburg
Bindung: Conzella Urban Meister, München-Dornach
ISBN 3-505-10529-5

1

Es herrschte klare Sicht. Der Geschwindigkeitsmesser pendelte um die 160 Stundenkilometer und der Flug verlief ruhig. Wenn Jonas seitlich nach unten schaute, konnte er einen Vogelschwarm erkennen, der sich vor dem Hintergrund der silbern glänzenden Wasseroberfläche abzeichnete.

Rita seufzte zufrieden vor sich hin. Sie liebte es, im Abendlicht zu fliegen. Das Gelände unter ihnen glich aus dieser Perspektive einer maßstabgetreuen Landkarte, und die untergehende Sonne streifte die Baumwipfel.

„Wir schaffen es gerade noch, die Kiste auf die Piste zu setzen, bevor es dunkel wird", sagte sie zu Jonas.

Er nickte und sah, wie der Höhenmesser 900 Meter anzeigte. Was war das doch für ein herrliches Gefühl zu fliegen: das Spiel der Wolken zu beobachten, die man sonst nur von unten sah. Und was würde es wohl erst für ein Gefühl sein, von hier oben hinunterzuspringen? Sein Magen zog sich bei dem Gedanken zusammen. Er würde sich bestimmt im Fallschirm verheddern oder im Fahrgestell hängen bleiben. Er hatte immer so ein verflixtes Pech, sobald etwas Aufregendes bevorstand.

Als der Vater davon gesprochen hatte, das Jonas in den Sommerferien zu seiner erst kürzlich entdeckten Tante fahren sollte, hatte er bloß die Nase gerümpft. Lisa, seine Schwester, hatte es gut; sie konnte auf einen Reiterhof fahren, während er nicht, wie er es sich gewünscht hatte, in ein Motocrosslager durfte. Stattdessen sollte er in einer vergammelten Hütte mit einer alten Tante, zwei Katzen, einem Hund und einer vergreisten Schildkröte auf dem Land verschimmeln. Das war doch total unfair!

Aber nichts von dem war eingetreten, was er befürchtet hatte. Es stellte sich nämlich bald heraus, dass Rita nicht so war, wie andere Tanten. Das Besondere an ihr war, dass sie als Pilotin bei einer Werbeflug GmbH arbeitete. Solche Tanten trifft man nicht jeden Tag.

Es war jetzt ein Jahr her, dass Jonas' Vater erfahren hatte, dass er noch eine Halbschwester hatte. Der Großvater hatte angeblich während einer Reise einen kleinen Seitensprung gemacht, diesen aber, so lange er lebte, für sich behalten. Als Großvater starb, hinterließ er einen Brief, in dem er von Rita erzählte. Die ganze Familie war darüber völlig aus dem Häuschen. Doch dann ergab sich zunächst keine Gelegenheit zu einem Treffen. Jonas hatte fast schon wieder vergessen, dass es Rita gab.

Und jetzt saß er hinter seiner Tante und schämte sich, dass er geglaubt hatte, dass sie eine langweilige alte Zicke sei. Der Name Rita passte eigentlich nicht zu ihr.

Sie müsste Lili oder Sung-ja heißen oder sonst einen coolen Namen haben, fand Jonas.

Der Motor des Supercubs brummte Vertrauen erweckend und gegen seinen Willen fing Jonas an schläfrig zu werden. Er kniff sich in den Arm und biss sich in den Daumen, aber nichts half. Seine Lider waren schwer wie Blei.

Plötzlich kippte er im Sitz nach vorne. Rita hatte den Hebel ans Armaturenbrett geschoben, die Schnauze der Maschine zeigte steil nach unten und das Flugzeug sank schnell. Jonas wurde sofort hellwach; er spürte, wie ihm die Ohren durch den Höhenverlust zugingen. Er stemmte die Füße gegen den Boden. Es war aber weit und breit kein Flugplatz in Sicht. Was in aller Welt trieb sie da? Er klopfte Rita vorsichtig auf die Schulter, während sie das Flugzeug auf eine Höhe von zweihundert Metern über einem See sinken ließ.

„Ich wollte dich nur aufwecken", meinte sie grinsend. „Ich glaubte, ich hätte dich schnarchen gehört."

„Rita! Pass auf! Da ist was unter uns!"

Dann ging alles sehr schnell. Jonas hätte beinahe seine Zunge verschluckt, als Rita sofort einen steilen Turn nach oben machte. Er hatte, wie er so dasaß, das Gefühl, mindestens zweihundert Kilo zu wiegen. Um ein Haar wären sie mit irgendetwas kollidiert.

Jonas sah, wie ein kleines, rotweißes Wasserflugzeug gerade auf dem Wasser zur Landung ansetzte. Die

Maschine war, weil ihre Positionslichter nicht an waren, auf der Wasseroberfläche schwer zu entdecken.

Rita richtete den Cub nach oben und zog eine Schleife über dem See.

„Wie kommt der Mensch dazu, zu fliegen, wenn es so dunkel ist! Und auch noch auf unzulässiger Höhe! Es gibt anscheinend nicht nur auf den Landstraßen Vollidioten!"

„Das war verdammt knapp", keuchte Jonas.

Er hörte ein komisches Knattern und errötete, als er merkte, dass er es war, der mit den Zähnen klapperte.

„Das werden wir uns jetzt mal genauer ansehen", sagte Rita resolut.

Sie ließ die Maschine im steilen Winkel fallen und Jonas hoffte, dass sie bald landen würden. Er hatte ein mulmiges Gefühl im Magen. Aber er sagte natürlich nichts. Das kann man einfach nicht bringen, wenn man dreizehn Jahre alt ist und eine Tante hat, die über einem See in einem Flugzeug rauf und runter saust. Da heißt es cool bleiben – um jeden Preis.

Das fremde Flugzeug hatte gerade auf dem Wasser aufgesetzt und war dabei, ans Ufer zu schaukeln, als der Cub wieder über den See hinausglitt.

„Ich glaube, ich werde auch die Lichter ausmachen", murmelte Rita. „Hier ist etwas faul."

Verdutzt sah Jonas, wie sie die Scheinwerfer des Cubs ausschaltete und ohne Licht über den Platz flog. Das rot angestrichene Kennzeichen auf dem fremden Flugzeug leuchtete ihnen aus der Dunkelheit entgegen.

„Jonas? Siehst du, was auf der Tragfläche steht? Kannst du es aufschreiben?"

Er kramte schnell einen Bleistift aus dem Seitenfach und schrieb ungeschickt auf die Rückseite einer Kaugummitüte: SE-FDI.

„Hast du's?"

„Ja, SE-FDI."

„SE-FDI? Diese Kombination kenne ich, aber ich glaube nicht, dass sie zu einer Wasserkiste gehört."

„Was meist du damit?", fragte Jonas aufgeregt. Seine Übelkeit war wie weggeweht.

„Jonas, ich bin mir hundertprozentig sicher, dass das eine Maschine mit falschem Kennzeichen ist! Ganz sicher!"

„Und was hat das zu bedeuten?" Jonas lehnte sich vor. Der Geruch von Ritas Lederjacke stieg ihm in die Nase.

„Dass sie gestohlen ist natürlich und dass die Piloten Dreck am Stecken haben. Warum, glaubst du, landet man auf einem gottverlassenen See ohne Licht? Wenn wir zu Hause sind, müssen wir sofort auf der Karte nachschauen."

Das klang vielversprechend. Wenn er jetzt nur nicht so dringend hätte pinkeln müssen!

Die Maschine hatte das Ufer erreicht und Rita gab Gas, damit ihre Maschine nicht entdeckt wurde.

Solange der Motor der Wasserkiste gelaufen war, waren sie sicher gewesen.

Der Cub stieg auf eine Höhe von achthundert Metern, bevor Rita die Lichter wieder einschaltete. Der Himmel leuchtete johannisbeerrot, die Sonne war bereits untergegangen.

Jonas saß kerzengerade auf seinem Sitz und hatte alle Schläfrigkeit vergessen. Er dachte über das mysteriöse Flugzeug nach. Vielleicht waren es Spione, die aus dem Land fliehen wollten? Oder solche, die heimlich hierher gekommen waren?

Eine Stunde später kreisten sie über ihrem Heimat-flugplatz und warteten auf den Funkspruch „Klar zur Landung". Jonas saß mit gekreuzten Beinen da und spürte jeden Windstoß. Ob er den Druck auf der Blase aushalten würde, bis sie unten waren?

Endlich gingen unten alle Lichter an und die Lande-bahn breitete sich vor ihnen aus wie eine Milchstraße voller Sternenlicht. Jonas beugte sich nach vorne um alles richtig erkennen zu können.

„Jetzt halt dich fest, Junge!", sagte Rita. „Es könnte etwas schaukeln."

Aber es schaukelte überhaupt nicht. Denn Jonas' Tante war eine geschickte Pilotin. Für sie war es Ehrensache, den Cub so sanft aufzusetzen, als sei sie auf Watte gelandet. Ein Glück für mich, dachte Jonas, als die Maschine bremste und die Bahn entlangtuckerte.

Rita war klein und schlank und hatte kurze, helle Locken. Ihre Art, sich zu bewegen, hatte etwas Besonderes, aber Jonas fiel nicht ein, was. Er selbst war lang und dünn, hoch aufgeschossen wie eine Bohnenstange, die zu wenig Licht bekommen hatte. In letzter Zeit war der Abstand zwischen seinem Kopf und den Füßen etwas weit geworden.

Rita machte den Motor aus und die Umrisse der Propellerflügel wurden scharf. Die plötzliche Stille dröhnte Jonas in den Ohren. Er machte den Sicherheitsgurt auf und wartete ungeduldig, dass seine Tante aussteigen würde. Aber Rita blieb über einige Papiere auf ihrem Schoß gebeugt sitzen und rührte sich nicht. Himmel, Arsch und Zwirn, jetzt musste er aber wirklich aufs Klo!

„Hüpf nur raus, wenn du es eilig hast, ich trage nur noch etwas in den Flugschreiber ein", sagte Rita plötzlich.

Wie konnte sie das wissen? Es war nicht das erste Mal, dass sie seine Gedanken zu lesen schien. Jonas machte schnell die Doppeltür auf und sprang auf den Boden. Die kühle Abendluft schlug ihm entgegen. Als er im Gebüsch den Druck losgeworden war, befand sich Rita schon auf dem Weg in die Flugzeughalle. Er holte sie mit ein paar Riesenschritten ein.

„Ich glaube nicht, dass ich es schaffe, heute Abend etwas zu kochen, Jonas. Können wir nicht unterwegs eine

Pizza holen? Ich bin wohl kaum so eine Tante, wie sie sich dein Vater vorgestellt hat", sagte sie lachend.

Jonas nickte vergnügt. Pizza war total okay.

Als sie ins Büro kamen, ging Rita zum Regal mit den Register-Ordnern. Während Jonas ihr über die Schulter schaute, blätterte sie bis zu der Bezeichnung SE-FDI.

„Schau her, Jonas! Was wir draußen auf dem See gesehen haben, war tatsächlich ein verdächtiges Objekt. Das Kennzeichen gehört zu einer Cessna ohne Pontone. Also nicht zu einem Wasserflugzeug."

„Oje!", sagte Jonas. „Deshalb ist die Maschine ohne Lichter geflogen!"

„Hast du Probleme?"

Jonas und Rita fuhren zusammen und drehten sich um. Harald, Ritas Chef, war ins Zimmer gekommen. Er war groß und kräftig, sein Hemd spannte über dem rundlichen Bauch.

„Nein, überhaupt nicht, Harald. Ich wollte nur ein Flugzeug überprüfen, das wir unterwegs gesehen haben."

Sie klappte den Ordner mit einem Knall zu. Sie wusste selbst nicht, warum sie Harald eben nicht die ganze Wahrheit erzählt hatte. Er hätte vielleicht eine Idee gehabt, um was es sich bei dem mysteriösen Flugzeug handelte. Aber sie wollte selbst erst mehr herausfinden. Sie reichte Harald den Flugschreiber.

„Hier sind übrigens die Papiere zur Überprüfung. Es

scheint alles okay zu sein. Die nächste Kontrolle ist erst nach hundert Flugstunden fällig."

„Gut! Du hast jetzt ein paar Tage frei, nicht wahr?" Harald lächelte sie an.

„Ja, ich freu mich schon. Jonas und ich werden nur faulenzen und Pralinen essen."

Jonas wand sich verlegen. Er fragte sich, warum sie Harald nicht erzählte, was sie gesehen hatten. Sie konnte doch nicht einfach daheim sitzen und Pralinen essen, wenn sie das Rätsel mit dem Wasserflugzeug lösen wollten?

Erwachsene sprachen selten das aus, was sie wirklich beabsichtigten. Das war wie ein „Tu als ob"-Spiel. Er seufzte erleichtert, als sie endlich das Büro verließen und zum Auto gingen.

Auf dem Heimweg war Rita schweigsam, sehr schweigsam. Jonas sehnte sich danach, zu erfahren, woran sie dachte, aber ihm fiel keine passende Frage ein. Als sie mit unverminderter Geschwindigkeit an der Pizzeria vorbeifuhren, seufzte er auf, weil sein Magen wehtat vor lauter Hunger.

Rita bremste heftig, machte mitten auf der Dorfstraße eine Kehrtwendung und parkte den roten Golf elegant vor der Pizzeria. Sie machte den Motor aus, legte die Hand auf Jonas' Bein und sah ihn ernst an.

„Da ist was faul, Jonas. Und wir werden herausfinden, was, okay?"

2

Jonas wachte davon auf, dass jemand unten an die Haustür klopfte. O Mann, war er noch müde! Der Dackel Rajtan bellte wie wild, verstummte aber plötzlich. Es war wohl jemand ins Haus getreten. Jonas wollte aufstehen, aber er hatte noch Schlaf in den Augen. Als er das nächste Mal aufwachte, stand ein Mädchen (!) in der Tür zu seinem Zimmer. Da wurde er ganz schnell hellwach! Wie peinlich! Er richtete sich auf und errötete.

„Hallo! Ich bin Lovisa. Ich kümmere mich um Ritas Tiere, wenn sie mit dem Flugzeug unterwegs ist", sagte sie schlicht. „Ich soll dich wecken. Der Kakao ist fertig und steht in der Küche."

Lovisa hatte glattes Haar und ein kleines, ovales Gesicht mit einer spitzen Nase. Sie würde hübsch aussehen, wenn ihr Mund nicht so schmal wäre, dachte Jonas.

Sie blieb in der Tür stehen. Wartete sie drauf, dass er aufstehen würde? Er hatte bestimmt nicht vor sich vor einem fremden Mädchen im Pyjama zu zeigen.

„Eh, der ist ja total süß!", sagte Lovisa und schnappte sich Jonas' Maskottchen.

„Her damit! Der Teddy gehört mir!", rief er genervt.

Lovisa warf ihm den Teddy zu und er versteckte ihn unter der Decke.

„Ich komme gleich", sagte er und glotzte Lovisa an. Sie stierte zurück, verschwand dann aber endlich die Treppe hinunter. Die Treppe war das Erste, das Jonas aufgefallen war, als er in Ritas Haus gekommen war. Sie war knallrot gestrichen, die Wände leuchteten birnengelb. Das ganze Haus kam ihm vor wie ein einziges Abenteuer. Nichts war so gewesen, wie er es erwartet hatte.

Die untere Etage bestand aus einem riesigen Zimmer mit hohen Fenstern, die oben spitz zuliefen. An den Wänden im „Saal", wie Rita das Zimmer nannte, waren alle aufregenden Dinge aufgehängt, die sie von ihren Reisen mitgebracht hatte. Da gab es Kalebassen, eine Art getrocknete Kürbisse, Fächer, Holzbesteck und Strohhüte in allen Varianten. Bunte Wandteppiche und Textilien hingen zwischen den Fenstern.

Auf einem ovalen Tisch stand ein Korb, der mindestens einen halben Meter Durchmesser hatte. Er war immer mit Früchten der Saison gefüllt. Zur Zeit lagen Pfirsiche, Bananen und Kiwis drin. Das Herrliche an diesem Obstkorb war, dass niemand etwas merkte, wenn man ein Stück herausnahm. Zu Hause konnte Jonas sich nicht am Obstteller bedienen ohne dass sofort auffiel, dass er zwei Äpfel und die Schwester nur einen Apfel genommen hatte.

Hinter dem Saal lag die Küche, die recht klein war. Aber man konnte dort bequem essen – wenn man nicht zu sehr mit den Armen herumfuchtelte. In der oberen Etage waren drei Schlafzimmer: ein weißes, ein rosa- und ein lilafarbenes. Jonas hatte das lilafarbene bekommen. Ein Glück, denn in einem rosa Zimmer wollte er nicht wohnen.

Das Haus war früher eine Kapelle gewesen und als solche sehr schlecht isoliert. Rita hatte zwar das Dach isolieren lassen, aber der Wind pfiff immer noch ganz schön durch die dünnen Wände. Rita hatte sie mit Textilien und dicken Teppichen verkleidet, aber das half nur wenig.

„Ich bleibe sowieso nie lange still sitzen", hatte Rita erklärt, als Jonas wissen wollte, wie sie im Winter das Haus warm halten konnte. „Und dann habe ich ja noch meinen schönen Holzofen, den ich füttere, wenn ich zu Hause bin."

Außer Rita wohnten im Haus noch die Dackelhündin Rajtan, die Schildkröte Homer und Tom und Jerry, zwei große Katzen, die Jonas nicht auseinander halten konnte. Rita meinte, dass Tom einen weißen Punkt in einem Auge hätte, aber da Jonas sich nie merken konnte, welches Tier den Punkte haben sollte, war ihm dieser Tipp keine große Hilfe.

Als Jonas in die Küche kam, saß Rita vor einer Landkarte und murmelte unverständliches Zeug vor sich hin.

Lovisa saß mit Rajtan im Schoß auf dem Boden und kraulte ihr den Bauch. Die Dackelhündin wedelte mit dem Schwanz über den Boden, als Jonas auftauchte, aber sonst scherte sich das Tier nicht um ihn. Der Junge wusste wohl nicht, wie man sich einem Hund gegenüber benimmt, das hatte Rajtan schon bemerkt.

„Guten Morgen! Hol dir was zu futtern, Sportsmann." Rita räkelte sich und musterte ihren Neffen genau. „Hast du gut geschlafen? Schön. Ich nicht. Was gestern passiert ist, ging mir nicht aus dem Kopf. Immer wieder sah ich das wackelige Flugzeug ans Ufer gleiten. Zunächst habe ich das überhaupt nicht seltsam gefunden. Die Lichter können immer mal ausfallen. Für das falsche Kennzeichen gibt es vielleicht auch eine harmlose Erklärung. Aber jetzt überlege ich … Sieh mal, Jonas!"

Sie schob ihm die Karte zu. „Es ist so eine gottverlassene Gegend. Da steht meilenweit kein einziges Haus. Entweder war jemand in Not geraten oder …"

„Was?" Jonas sah sie gespannt an. Er dachte nicht mehr an seinen Kakaobecher, den er schon halb zum Mund geführt hatte. „Wollen die Leute in der Maschine vielleicht irgendjemanden oder irgendetwas verstecken? Hier gibt es, wie du siehst, jede Menge Seen. Aber ich glaube, dass ich unseren See gefunden habe. Ich habe nämlich ein paar Zeit- und Treibstoffberechnungen gemacht. Und die dürften stimmten."

Jonas gaffte Rita beeindruckt an. Er warf Lovisa einen Blick zu, aber sie schien nicht besonders interessiert zu sein.

„Und was machen wir jetzt?", fragte Jonas und wünschte sich heiß und innig, dass er selbst auf eine geniale Idee kommen würde.

„Ich spiele mit dem Gedanken, ein Flugzeug zu leihen, um die Sache etwas näher zu untersuchen. Wir können bei der Polizei keine Anzeige erstatten, bevor wir mehr wissen. Außerdem habe ich Lust auf ein kleines Abenteuer. Was meinst du?"

Jonas zitterte am ganzen Körper. Konnte es wirklich wahr sein, dass er mitkommen durfte? Er traute sich nicht noch mal nachzufragen aus Angst, Rita könnte nein sagen. Igitt, und jetzt legte er auch noch aus Versehen den Ellbogen in einen Honigklecks.

„Könnten du und Lovisa vielleicht Rajtan ausführen, während ich hier zusammenräume?", fragte Rita. „Dann düsen wir ab, so schnell wir können."

Jonas sprang vom Stuhl auf und Rajtan bellte vor Schreck. Lovisa warf ihm einen strafenden Blick zu. Sie stand auf und ging vor ihm durch das Wohnzimmer hinaus. Erst jetzt sah Jonas, dass Vögel und Mobiles in verschiedener Höhe von der Decke hingen. Eine große Möwe aus Papier kreiste im Luftzug, als sie vorbeigingen.

„Wie alt bist du?", fragte Lovisa, als sie aus dem Haus traten.

„Dreizehn", sagte Jonas und wünschte plötzlich, dass er mindestens fünfzehn gewesen wäre. „Und du?"

„Ich auch. Mir gefällt es hier nicht."

„Wo? Bei meiner Tante?"

„Nein, hier in der Gegend, du Blödmann. Ich habe hier keine Freunde und nichts zu tun. Im Dorf gibt es einmal im Monat Kino. Aber die Filme, die hierher kommen, sind alle von gestern. Überhaupt keine Musikfilme und so."

„Ach so", sagte Jonas und fuhr sich mit den Fingern durchs Haar. „Wo gehen wir hin?"

„Wir gehen zu einem kleinen Weiher, das genügt."

Sie liefen eine Weile stumm nebeneinander her, während Rajtan wie ein Wirbelwind hin und her sprang. Ihre kurzen Hundebeine fuhren wie Trommelstöcke über den Boden. Etwas weiter war der Pfad an beiden Seiten von mächtigen Fichten, Farn und Preiselbeerkraut gesäumt. Gesprenkelte Schatten flossen über die Gesichter der Spaziergänger.

„Guck mal!", rief Lovisa plötzlich.

Sie kniete auf dem Pfad nieder und zeigte vor sich auf den Boden.

„Ein Ameisenlöwe! Hast du das gesehen? Er hat hier eine Fallgrube gebaut und wartet nun, dass eine Ameise hineinfällt. Schau, da kommt eine! Jetzt hat ihre letzte Stunde geschlagen."

„Das ist vielleicht ein scheußlicher Tod", sagte Jonas.

„Der Sand gibt einfach nach und am Schluss landet sie im Maul des Ameisenlöwen."

„Exakt", sagte Lovisa. „Hast du Geschwister? Ich habe sechs."

Lovisa hatte schon das Interesse an dem Ameisen-löwen verloren. Sie richtete sich auf und lief schnell weiter.

„O Mann, o Mann!", rief Jonas aus. „Ich habe nur eine Schwester. Sie ist zwei Jahre jünger als ich. Sie steht total auf Pferde. Bald fängt sie wahrscheinlich selbst an zu wie-hern. Wir wohnen in einem Reihenhaus in einer Klein-stadt. Nichts Besonderes eigentlich. Aber ich freue mich drauf, in die Mittelstufe zu kommen. Ich hatte meine alte Schule total satt. Die Klasse war ätzend." Warum erzähl-te er Lovisa das alles? Wo er sie doch kaum kannte! Er kickte mit dem Fuß einen Tannenzapfen weg.

„Inwiefern ätzend?", wollte Lovisa wissen und sah hinter ihrem Pony neugierig hervor.

„Na ja, ich habe mich so ausgeschlossen gefühlt. Hatte keinen echten Kumpel. Die anderen haben mich nicht direkt geschnitten. So war es nicht, aber ich gehörte auch nie zu einer Clique. Die Klassenfahrt war echt Scheiße. Keiner wollte mit mir ein Zimmer teilen." Jonas verstummte. Jetzt hatte er zu viel gesagt.

„Das ist ja gemein", sagte Lovisa freundlich. „So geht es mir auch. Aber ich hätte nie geglaubt, dass Jungs auch so miteinander umgehen."

Vor ihnen zeichnete die Sonne Muster auf den Weg und ab und zu griff eine Mücke ihre nackten Arme an. Die beiden schwiegen eine Weile.

„Lovisa? Hat meine Tante irgendeinen … hm … Typen?", fragte Jonas schließlich.

„Einen Freund, meinst du?"

Jonas nickte.

„Ja, sie hat einen Freund. Er heißt Simon und kommt sie ab und an besuchen. Aber er wohnt weit weg und deshalb kommt er nicht oft. Dann hat sie natürlich einige Freundinnen. Deine Tante ist total cool. Ich wünschte mir, dass ich auch so eine Tante hätte. Es passiert immer etwas Aufregendes, wenn sie in der Nähe ist." Lovisa blieb plötzlich stehen und sah ihn mit leuchtenden Augen an. „Wollen wir baden?"

Sie waren am Weiher angelangt, der wie eine Spiegelscherbe zwischen den Bäumen lag. Jonas schluckte und schaute verstört aufs Wasser. „Ich habe aber keine Badehose dabei."

„Ach was, die brauchst du doch hier draußen im Wald nicht", meinte Lovisa und zog ganz einfach das T-Shirt und die Jeans aus.

„Komm schon!", rief sie und lief splitternackt ins Wasser.

Nie im Leben hatte er sich so doof gefühlt. Was sollte er jetzt tun? Es ging doch nicht, dass man mit einer gleichaltrigen Tussi „total ohne" badete? Wasserscheu wollte er aber auch nicht wirken. Er musste seine Unterhose opfern. Schnell zog er die Hose und den Pulli aus und lief Lovisa nach. Das Wasser war lauwarm und herrlich.

Zu seiner Erleichterung sagte sie nichts. Sie schwammen ans andere Ufer, während Rajtan bellte und am Wasser entlanglief. Lovisa gewann um ein paar Armlängen und Jonas versuchte auf der Rückstrecke Revanche zu nehmen. Er fühlte sich aufgekratzt und vom Sommer berauscht.

Als sie ans Ufer zurückkamen, spritzte sie ihn mit Wasser voll und er floh kreischend an den Strand. Auf halbem Weg fühlte, er wie die wasserschwere Unterhose hinunterrutschte und ihm eine Falle stellte. Er fiel und plumpste mit nacktem Hintern in den Schlamm. Seine Pobacken glühten, als er ans Ufer patschte. Lovisas perlendes Lachen klang noch lange in seinen Ohren, nachdem er endlich die Jeans und den Pulli übergezogen hatte.

Auf dem Rückweg quatschte sie von der Schule und von ihrer Familie, als ob nichts gewesen wäre. Ihm fiel auf, dass sie ihn manchmal von der Seite ansah. Er drückte seine nasse Unterhose wie einen Ball in der Hand. Plötzlich bekam auch er Lust zu lachen. Er warf Rajtan die Unterhose nach, die dem Bündel sofort nachsauste.

Sie kamen kichernd nach Hause. Rajtan trug die

Hose stolz im Maul. Rita saß auf der Treppe. Sie verlor kein Wort über die ungewöhnliche Beute ihres Hundes.

„Können wir in einer Viertelstunde losfahren, Jonas? Nimm einen warmen Pullover mit, falls es kalt wird. Ich habe uns etwas zum Essen besorgt, das können wir mitnehmen. Kümmerst du dich um die Katzen und um Homer, Lovisa? Den Hund nehme ich mit."

Jonas staunte über sich selbst, weil er enttäuscht war. Er hatte gedacht, dass Lovisa mitkommen würde. Er fühlte sich in der Gesellschaft dieses eckigen Mädchens wohl. Auch wenn sie ihn beim Schwimmen fast besiegt hatte.

Wenn Lovisa auch so fühlte, zeigte sie es nicht. Sie lächelte schief und schlenderte auf dem Kiesweg davon. Bevor sie hinter der Fliederhecke verschwand, hielt sie kurz inne. „Dann bis heute Abend", rief sie und war weg.

3

Rita legte ihre Hand auf die Schulter ihres Chefs. „Kann ich mal unter vier Augen mit dir sprechen?"

Harald schaute erstaunt, nahm aber die Pfeife aus dem Mund und machte eine zustimmende Geste. Die Sekretärin schielte neugierig nach Rita, als sie aus dem Zimmer ging. Harald nahm hinter dem Schreibtisch Platz und sah Rita fragend an.

„Ich möchte den Supercub für einen Turn landeinwärts leihen. Gegen die übliche Bezahlung, versteht sich", sagte Rita.

Harald zögerte mit der Antwort und stopfte sorgsam seine Pfeife. Er hatte das vage Gefühl, dass Rita über einem Geheimnis brütete und ihm etwas verschwieg. Sie hatte die Gabe, seltsame Dinge aufzuspüren. Aber die Chance, jetzt etwas aus ihr herauszubekommen, war wohl äußerst gering. Sie gehörte zu seinen besten Piloten, aber auch zu den stursten.

„Geht schon in Ordnung. Wir haben heute keine vorgemerkten Flüge für die Maschine", sagte er, nachdem er sich den Flugplan angesehen hatte. „Darf ich fragen, wohin du willst?"

„Ich wollte mit meinem Neffen eine Runde in Richtung Norden drehen", antwortete sie ausweichend. „Ich bin zurück, bevor es dunkel wird."

Harald sah sie forschend an. In Richtung Norden? Das sagte ihm nicht viel. Sollte er eine genauere Angabe des Flugziels fordern? Er zögerte, beschloss aber, darauf zu verzichten.

„Okay, du brauchst dich nur um die Treibstoffkosten zu kümmern. Der Rest ist umsonst."

„Nett von dir! Vielen Dank!"

„Du musst ja deinen Job sehr lieben, wenn du dich nicht einmal in deiner Freizeit davon fernhalten kannst!", sagte er.

Sie lachte leise, stand auf und legte die Hand auf den Türgriff.

„Rita?" Harald sah sie ernst an. „Du weißt doch, dass du mit mir reden kannst, wenn du Probleme hast?"

„Das weiß ich", sagte sie und machte dir Tür fest hinter sich zu.

Die Sicht war gut und der dünne Nebel, der noch in der Luft hing, löste sich schnell auf. Die Sonne wärmte die beiden durch die Windschutzscheibe und der kleine, geschmeidige Supercub schoss durch die Luft davon. Unmengen von Fragen drängten sich in Ritas Kopf. Würde das Flugzeug noch da sein? Was sollten sie tun, wenn sie dort ankamen?

Hinter ihr saß Jonas und hatte Bauchschmerzen vor Aufregung. Er war so gespannt, dass seine Knie schlotterten. Zu seinen Füßen lag Rajtan und döste friedlich.

„Du wirst es nicht glauben, aber ich habe die Karte zu Hause auf dem Küchentisch liegen lassen", sagte Rita. „Ich habe mir aber im Büro eine neue besorgt. Meine Berechnungen stehen zwar auf der anderen … aber wir werden bestimmt trotzdem hinfinden."

Jonas schaute durch die Fensterscheibe auf die Landschaft, die sie überflogen. Alles war winzig klein, das Gelände sah aus wie die Modelllandschaft, die er für seine elektrische Eisenbahn gebastelt hatte. Er schaffte es, immer genauer hinzusehen ohne dass ihm dabei schwindelig wurde. Beim ersten Flug war es schlimmer gewesen.

„Da!", rief Rita plötzlich.

Sie zeigte nach links. Jonas beugte sich vor und sah den kleinen See wie ein hingeworfenes Stück Glas mitten im Wald. Sie flogen eine Runde über dem Wasser. Bei Jonas fiel der Groschen erst, als er ein Stück der Tragfläche des Flugzeugs entdeckte.

„Da ist es! Siehst du? Dort, genau neben dem Felsen! Sie guckt unter einem Baum am Strand hervor."

Rita nickte, flog einen Kreis, vermied es aber, auf eine niedrige Höhe hinunterzugehen.

„Kannst du eine Stelle sehen, wo wir landen können? Ich bilde mir ein, dass nicht sehr weit von hier eine Schneise ist."

„Meinst du damit, dass wir im Wald landen werden?",

fragte er und ein eisiger Schauer durchlief ihn.

„Yes, Sir! Deshalb wollte ich doch den Cub haben, verstehst du. Er ist handlicher als die anderen Maschinen. Das Militär verwendet ihn für Aufklärungsflüge. Mit diesem Flugzeugtyp kann man fast alles machen. Es ist für Sonderfälle aller Art gebaut. Schau, da! Siehst du den Streifen mitten im Wald? Es ist sicherlich eine Bahn für Bewässerungsflüge. Die kommt uns gerade recht. Jetzt schauen wir mal, was für einen Wind wir haben? Wir fliegen wohl am besten von Westen her hinein."

Jonas schluckte. Wusste Rita wirklich, was sie tat? Es kam ihm total irre vor, das Flugzeug mitten im Wald zu landen. Er hatte aber keine andere Wahl als mitzumachen. Er schaute neidisch auf den Dackel, der völlig unbekümmert, den Kopf auf die Vorderpfoten gelegt, schlummerte. Wie immer schien Rita Jonas' Gedanken zu lesen.

„Hab keine Angst, Junge! Man geht zwar immer ein Risiko ein, wenn man auf fremdem Boden landet, aber ich habe es tausendmal geübt. Jetzt werde ich den Motor ausschalten und im Leerlauf fliegen, eine sogenannte Beurteilungslandung machen."

Es wurde immer schlimmer. Jetzt wollte sie auch noch den Motor abstellen! Jonas war davon überzeugt, dass seine letzte Stunde geschlagen hatte. Er murmelte leise vor sich hin. „Danke, Mama, Papa und Schwesterchen für alles, was ihr mir Gutes getan habt, und verzeiht mir den ganzen Schwachsinn, den ich getrieben habe …"

Die Baumwipfel näherten sich mit rasendem Tempo. Die Maschine wippte ein bisschen und der Wind sauste um die Tragflächen, als der Motor nicht mehr zu hören war.

Jonas machte die Augen zu und hielt sich mit beiden Händen am Sitz fest. Das war ja viel schlimmer als Standup-Looping auf dem Rummelplatz zu fahren! Er öffnete die Augen und sah Grasbüschel auf sich zu rasen. Gleich darauf setzte die Maschine mit heftigem Gerumpel auf.

Alles wäre sicherlich gut gegangen, wenn nicht plötzlich ein Baumstumpf vor ihnen aufgetaucht wäre. Rita fluchte laut, konnte ihm aber nicht mehr ausweichen, die Maschine wackelte bedenklich und es krachte. Endlich stand das Flugzeug still. Rita schüttelte wütend den Kopf.

„Verdammt! Ich wette, dass wir auf irgendwas draufgeknallt sind." Schnell sprang sie raus auf den Boden und konnte nur die nüchternen Tatsachen feststellen: Das eine Fahrwerk war gleich oberhalb des Rades abgebrochen.

„Und was machen wir jetzt?" Jonas krabbelte auf zittrigen Beinen heraus. Rajtan, die in der Türöffnung stehen geblieben war, winselte.

„Wir müssen irgendwann über Funk um Hilfe bitten,

aber zuerst wollen wir doch das erledigen, weswegen wir hierher gekommen sind. Nimm die Tüte mit den Weingummis und die Wodkaflasche mit. Es ist Wasser drin. Wir müssen ein Stückchen laufen."

„Und was ist mit Rajtan?"

„Sie bleibt hier. Die Gefahr, dass sie zu bellen anfängt, ist zu groß. Wir sind ja bald wieder da."

Bevor sie losgingen, prüfte Rita kritisch, wie die Maschine auf dem Feld stand.

Eigentlich hätte sie sie am Waldrand verstecken wollen, aber jetzt war das nicht mehr möglich. Mist! Wie ärgerlich, Harald den Schaden beichten zu müssen! Aber das musste sowieso warten. Sie befahl dem Hund im Cockpit zu bleiben, steckte die Weingummis ein und holte ein kleines rundes Ding aus der Tasche.

„Was ist das?", wollte Jonas neugierig wissen.

„Ein Taschenkompass. Siehst du? Da ist Norden. Der See muss in dieser Richtung liegen."

Als sie den Grasstreifen hinter sich gelassen hatten, wurde der Wald dicht und beinahe undurchdringlich. Die Zweige von Büschen und Bäumen waren ineinander gewachsen und nirgendwo war die geringste Spur eines Menschen zu sehen. Ein Waldvogel flog ganz dicht neben ihnen in die Höhe, und Jonas' Herz begann laut zu pochen. Bald waren die beiden nass geschwitzt, aber Rita lief stur weiter.

Einen Jammerlappen kann man sie bestimmt nicht

nennen, dachte Jonas. Er wollte Rita auf keinen Fall nachstehen, obwohl er gegen eine kleine Pause nichts einzuwenden gehabt hätte. Er freute sich schon darauf, ans Wasser zu kommen. Wie herrlich es gewesen wäre, sich in die Wellen werfen zu können! Er lächelte vor sich hin bei der Erinnerung an sein Abenteuer am Morgen.

„Hallo, Freundchen! Träumst du vor dich hin? Magst du ein Weingummi?"

Rita war so plötzlich stehen geblieben, dass Jonas geradewegs in sie hineingelaufen war. Es war seltsam, wie unbeholfen er in Ritas Nähe war.

Sie setzten sich auf einen umgefallenen Baumstamm und kauten Weingummis. Es waren Ritas liebste Süßigkeiten. Vielleicht hat sie deshalb so ein buntes Haus, dachte Jonas und bearbeitete ein süßes, klebriges Exemplar mit Daumen und Zeigefinger. Er öffnete die Wasserflasche und jeder nahm sich einen wohlverdienten Schluck. Ein Mückenschwarm surrte penetrant über ihren Köpfen, sonst war es still.

„Wie steht's, Jonas?", fragte Rita bekümmert.

„Ich bin okay. Etwas verschwitzt vielleicht, das ist alles."

„Hm. Du hattest dir wohl ein stilles, friedliches Landleben vorgestellt, und da komme ich daher und ziehe dich in so was hinein."

„Aber das macht doch total Spaß! Es ödet mich an, wenn alles immer glatt und friedlich läuft."

„Dann ist es gut. Ich bin wohl von Natur aus zu wild um eine gute Tante abzugeben. Allerdings habe ich erst vor kurzem erfahren, dass ich Tante bin. Jetzt schlagen wir uns durch bis an den See und checken ab, was mit der Maschine los ist. Es kann nicht mehr weit sein. Pass auf! Du hast eine Wespe auf der Nase."

Jonas schlug sich so fest auf die Nase, dass es total wehtat. Verdammter Mist! Ihm war, als würden ihm Arme und Beine nicht mehr gehorchen.

„Und wie findest du Lovisa?"

„Sie ist okay", sagte Jonas und rieb sich die schmerzende Nase.

„Ein bisschen eigenbrötlerisch, das Mädchen, aber schwer in Ordnung. Sie kümmert sich seit Jahren um meine Tiere. Bei meinem Beruf sollte ich eigentlich keine Tiere halten. Es ist Lovisas Verdienst, dass ich so viel weg sein kann. Sie führt Rajtan aus und füttert die Katzen. Und macht die Wärmflasche für Homer heiß."

„Die Wärmflasche?"

„Ja, im Winter friert Homer ganz schön, weil er so viel schläft. Und da mache ich ihm eine Wärmflasche; so eine, wie sie die Engländer im Bett haben, du weißt schon. Dann kriecht er auf sie drauf und macht es sich da oben gemütlich. Eine Schildkröte stellt nicht allzu große Forderungen an das Leben, da finde ich es nur richtig, ihn ein bisschen zu verwöhnen."

„Ist Lovisa schon mal mit dir geflogen?"

„Nein, mir ist nie eingefallen sie zu fragen. Sie wird ja immer zu Hause gebraucht. Ich bin mir auch gar nicht so sicher, ob ihre Eltern es überhaupt erlauben würden. Sie kommen mir etwas schwierig vor. Sie durfte im Frühjahr nicht mal auf Klassenfahrt mitgehen. Es sei zu teuer, meinten ihre Eltern."

Ach was! Das hatte sie ihm gar nicht erzählt. Er hatte ihr ja von seiner Klassenfahrt erzählt und dabei keine Ahnung gehabt, dass sie nicht …

„Komm jetzt! Wir müssen weiter." Rita ging ihm, den Kompass in der Hand, voraus und hielt ihm borstige Zweige und Äste fern. Einige Laubbäume zeigten an, dass sie sich dem Wasser näherten. Endlich lichtete sich der Wald und ein verfallenes Bootshaus schimmerte zwischen den Zweigen. Das Haus war bedenklich schief. Das Dach hatte von der Feuchtigkeit ein Hohlkreuz bekommen. Weiter vorne zwischen den zotteligen Wipfeln der Laubbäume glitzerte die Oberfläche des Sees. Rita und Jonas krochen im Schutz der Reusen hinter die Hauswand.

Jonas wollte gerade etwas zu Rita sagen, als sie den Finger auf den Mund legte und ihn neben sich ins Gras drückte.

Da hörte er sie auch: Es waren Männerstimmen.

4

„Schon wieder Linsen und Speck! Hast du nichts anderes auf Lager?"

Die Stimme dröhnte dumpf und dunkel durch die Spalten in der Wand.

„Halt die Schnauze! Jammere jetzt nicht herum! Warte nur, bis wir drüben in Deutschland sind, da sieht dann alles ganz anders aus", sagte eine andere Stimme.

„Ja, falls wir tatsächlich dorthin kommen", sagte eine dritte, hellere Stimme.

„Aber natürlich kommen wir dorthin! Die Bullen suchen uns ja nie und nimmer in dieser Ecke. Wenn erst der Boss mit der letzten Beute auftaucht, hauen wir ab. Bye, bye, Sweden! Das weißt du doch!"

„Ich mag hier nur nicht so lange warten. Mit jedem Tag, der vergeht, wird die Gefahr größer, dass wir entdeckt werden. Ich finde, wir sollten uns mit dem begnügen, was wir schon haben."

„Alter Schwächling!", sagte die erste Stimme. „Du machst doch am Schluss immer einen Rückzieher. Wir haben einen Plan, nach dem wir vorgehen müssen, begreif das doch endlich!"

„Hört auf zu streiten, Jungs! Jetzt essen wir und dann

geht's weiter. Vielleicht kriegen wir schon heute eine Mitteilung vom Boss."

Jonas und Rita sahen sich an. Es bestand wohl nicht der geringste Zweifel daran, dass diese Kerle Dreck am Stecken hatten. Die Frage war nur, was sie beide daran ändern konnten? Mit einem kaputten Flugzeug kommt man nicht weit.

Rita wollte Jonas gerade ein Zeichen geben, da ließ sie das Schaben von Stuhlbeinen zusammenfahren. Die beiden pressten ihre Körper ganz flach auf den Boden.

„Beeilt euch, Jungs, wir haben ja schon fast alles geschafft."

Schritte, Räuspern und das Geräusch quietschender Türscharniere. Zwei der Männer traten jetzt vor das Haus und gingen zum See. Sie trugen schwere Rollen, die unterschiedlich lang waren.

Rita und Jonas atmeten erleichtert auf, als die Männer außer Sichtweite waren. Aber Rita legte wieder den Finger auf den Mund. Sie mussten vorsichtig sein. Es waren drei Stimmen gewesen, einer der Männer musste noch im Bootshaus sein. Deshalb schlich sich Rita mit Jonas ganz dicht auf den Fersen wieder in den Wald hinein. Hinter einem dichten Gestrüpp kauerten sie sich zusammen.

„Weißt du, was ich glaube, worum es geht?", flüsterte sie.

Jonas schüttelte den Kopf. Ihm fiel nichts ein.

„Es sind in letzter Zeit eine Menge Kunstdiebstähle verübt worden. Das weißt du vielleicht nicht. Die Zeitungen haben über eine Bande geschrieben, die auf Bestellung aus dem Ausland operiert. Die Diebstähle sind unglaublich profihaft ausgeführt worden und die Verbrecher haben nur die wertvollsten Gemälde geklaut. Wahrscheinlich verstecken sie die Bilder hier, während sie darauf warten, sie außer Landes bringen zu können. Während die Polizei die Autobahnen und die Grenzübergänge kontrolliert, sitzen die hier weit oben in der Wildnis. Das Bootshaus, das wir gefunden haben, ist ihr Depot und Versteck. Hier lagern sie die Beute nach den Raubzügen."

Jonas gaffte nur erstaunt. Vielleicht hatte Rita ja Recht. Jetzt erinnerte er sich: Er hatte in den Fernsehnachrichten einiges über den Kunstraub gesehen. Aber wo befand sich das Diebesgut?

„Ich habe aber keine Gemälde gesehen", wandte er ein.

„Aber wir haben Rollen gesehen. Die Bilder sind aus ihren Rahmen geschnitten und zusammengerollt worden. So können die Diebe sie leichter transportieren. Stell dir das bloß vor! Vielleicht liegen Gemälde von Chagall, Matisse, Mirò und Renoir da drinnen, jedes von ihnen Millionenbeträge wert und unter Sammlern sehr gefragt. Es sieht aber so aus, als würden die Gangster sich bald aus dem Staub machen, weil sie schon die Maschine beladen."

Rita verstummte. Sie lauschte auf verdächtige Geräusche und warf einen Blick auf die Uhr. Schon drei. Sie mussten unbedingt wieder zum Flugzeug zurück und versuchen mit jemandem Kontakt aufzunehmen. Wie dumm, dass sie das mitgebrachte Essen im Cockpit zurückgelassen hatten. Rita verspürte langsam Hunger, da war Jonas sicher erst recht flau im Magen, dem armen Kerl. Was hatte sie sich bloß dabei gedacht, als sie ihn hierher mitgenommen hatte? Mit diesen Männern war offensichtlich nicht zu spaßen, und sie trug doch die Verantwortung für den Jungen! Sie hätte natürlich mit ihrer Expedition warten müssen, bis Simon am Abend gekommen wäre. Er handelte überlegter als sie, ließ sich nicht von spontanen Eingebungen leiten. Er plante seine Handlungen genau. Das Beste war jetzt, schnell zum Cub zurückzukehren und Notsignale zu geben.

„Rita?", flüsterte Jonas.

„Ja."

„Ich habe mir etwas überlegt. Wir können diese drei Typen wohl nicht festnehmen. Aber wir könnten etwas anderes tun."

Jonas war stolz. Endlich war ihm etwas eingefallen.

„Was denn?"

„Wir könnten das Flugzeug sabotieren. Dann können sie nicht abhauen, bevor die Polizei da ist."

Rita starrte Jonas gebannt. an. Das war die Idee! Nur auch etwas riskant.

„Wir warten, bis sie zurückkommen", fuhr er eifrig fort. „Dann schleichen wir zum Strand und … Ja, du weißt wahrscheinlich am besten, was wir anstellen könnten?"

„Es gibt zwei Varianten: entweder ein Loch in die Schwimmer zu machen oder den Treibstoff auslaufen lassen. Letzteres wäre allerdings schlimm für die Umwelt. Vielleicht sollten wir lieber versuchen nach Hause zu kommen", sagte sie zögernd. „Das hier ist ja ein Spiel mit Dynamit! Und an Rajtan müssen wir auch denken."

„Aber nein, bitte! Dann hätten wir ja das alles umsonst getan. Es muss doch gar nicht gefährlich werden, wenn wir vorsichtig genug sind. Die ahnen ja bis jetzt nichts."

„Hast du ein Messer dabei?", erkundigte sich Rita.

Jonas atmete auf. Sie war einverstanden. Die Spannung kribbelte wie Kohlensäure in seinem Körper. Er zog stolz ein kleines Taschenmesser aus der Jeans.

Rita musterte es. Wahrscheinlich war es zu klein, aber versuchen konnte man es ja. Sie robbten wieder zu ihrem Versteck hinter dem Bootshaus zurück und kamen gerade rechtzeitig an, um die Männer mit leeren Händen vom Flugzeug zurückkehren zu sehen.

„Jetzt werden wir uns die neuesten Schlagzeilen über unsere Taten anhören!", dröhnte der Größte unter ihnen. Gleich darauf ertönte eine Radiostimme durch die Ritzen in der Wand. Da fingen Jonas und Rita langsam an zum Wasser zu schleichen. Sie trauten sich nicht auf dem Pfad zu laufen, den die Männer benutzt hatten, sondern tasteten sich durchs Gebüsch vorwärts. Immer wieder blieben sie stehen und lauschten, aber alles war still bis auf das leise Rascheln des Windes im Laub.

Plötzlich lag die Maschine vor ihnen; von losen Zweigen und Laubwerk bedeckt, damit sie aus der Luft schwer zu entdecken war. Kleine, sanfte Wellen kämmten die Wasseroberfläche und gluckerten munter um die Schwimmer. Rita zeigte auf das Wasser unter ihnen. Jonas beugte sich vor und entdeckte unter der Wasseroberfläche ein Rad.

„Es ist doch ein Amphibienflugzeug, genau, wie ich dachte", flüsterte Rita. „Die können nicht nur auf dem Wasser, sondern auch auf einer Piste landen. Und hier sitzt der Trenshahn." Sie zeigte auf einen kleinen Hahn unter der Tragfläche.

„Jede Tragfläche hat einen Tank. Still! Hast du was gehört? Hat da nicht gerade ein Zweig geknackt?"

Jonas schüttelte den Kopf. Ihm klapperten die Zähne, als wäre er zu lange im Wasser gewesen. Aber im Augenblick dachte er eigentlich gar nicht ans Baden. Er schaute zu, wie Rita versuchte mit dem Messer ein Loch in einen der Schwimmer zu schneiden. Ab und an warf er einen Blick auf den Pfad. Aber alles war wie vorher.

„Kannst du ein Stückchen weiter vorne Wache

40

halten?", bat Rita. „Es ist nicht gut, wenn wir beide hier stehen. Pfeif, falls du etwas hörst! Und antworte, wenn ich dich rufe. Wenn sie uns hier unten am Wasser erwischen, haben wir keine Chance."

Jonas schlich widerwillig davon. Aber Rita hatte natürlich Recht. Das Risiko, entdeckt zu werden, war viel größer, wenn sie beide unten am Strand waren. Er bahnte sich seinen Weg durchs dichte Gestrüpp. Wie weit sollte er gehen? Aua, da verbrannte er sich den Arm an einigen Brennnesseln. Er rieb sich die Haut. Kleine rötliche Blasen bedeckten sofort seinen ganzen Unterarm. Wütend trat er auf seinen Feind. Was für unnütze Pflanzen! Wem machten die eigentlich Freude?

Als er sich gerade umdrehte um weiterzugehen, legte sich ihm ein Arm um den Hals und eine Hand auf seinen Mund. Obwohl ihn der Schreck lähmte, versuchte er zu schreien, aber vergeblich. Der Mann hatte ihn im Würgegriff. Jonas schnappte verzweifelt nach Luft.

„Verdammt! Das ist ja bloß ein Junge! Eine Rotznase!", zischte der Mann seinem Kumpel zu.

Jonas erkannte die Stimme des Mannes, der der Anführer zu sein schien. Ein Schauder überlief ihn bei der Erinnerung an den Körper des Riesen. In die Klauen dieses Finsterlings war er also geraten! Verdammte Brennnesseln! Wenn die nicht gewesen wären, hätte er die Männer kommen hören. Wenn er Rita bloß warnen könnte!

„Hol die Binde!", kommandierte der Mann.

Sie banden Jonas ein Stück Stoff über die Augen, bogen seine Arme nach hinten und schubsten ihn vor sich her. Ihm wurde langsam schwarz? Wenn der Mann den Griff um meinen Hals nicht lockert, bin ich bald am Ende, dachte Jonas matt.

Unten am Flugzeug hatte Rita den Versuch aufgegeben, die Schwimmer aufzuschlitzen. Das Messer war einfach zu stumpf und nicht lang genug. Deshalb stieg sie auf den Schwimmer und öffnete schweren Herzens den Dränagehahn unter der Tragfläche. Das Benzin fing an ins Wasser auszulaufen. Das war zwar eine schlimme Umweltsünde, aber es gab keine Alternative, wenn Rita die Verbrecher matt setzen wollte. Zu der anderen Tragfläche würde sie es nicht schaffen, aber vielleicht konnte sie den Zündschlüssel aus dem Cockpit holen.

Sie sah zum Strand hinauf. Von dort wollte ihr Jonas Entwarnung geben. Aber nichts war da drüben zu sehen oder zu hören. Alles wirkte so sonderbar still. Unruhe ergriff sie. Wieder bereute sie, sich auf dieses Abenteuer eingelassen zu haben. Warum nur hatte sie Jonas mit hineingezogen? Warum gab er keinen Laut von sich? Sie sprang an Land und lauschte konzentriert.

„Jonas?", rief sie, so laut sie sich traute. Keine Antwort. Ratlos stand sie am Ufer und sah zum Pfad hinauf, als hoffte sie, dass die Natur ihr eine Antwort geben würde.

Die Gewissheit traf sie wie ein Schlag. Jonas war sicher gefangen genommen worden! Wie sollte sie sich jetzt verhalten, was sollte sie tun? Wie schwer es ihr auch fiel, sie musste ihn zurücklassen und zum Flugzeug laufen um eine Mitteilung durchzugeben. Nicht, dass auch sie noch entdeckt wurde! Rita entschied sich schnell. Sie eilte ins Gebüsch und lief links vom Pfad in Richtung Flugschneise. Sie war so mit ihren Befürchtungen beschäftigt, dass sie die Schritte hinter sich nicht hörte; sie spürte nur einen harten Schlag auf den Kopf. Dann wurde alles schwarz.

5

Im Zimmer war es warm. Simon räkelte sich auf dem Sofa, die Füße auf dem Tisch. Sein Hemd war offen, und ab und zu trank er einen Schluck aus der Coladose, die er in der Hand hielt. Er genoss es, wieder zu Hause zu sein. Diese Reiserei als Reporter war nicht immer leicht: Berühmtheiten zu jagen und sie dann von oben bis unten, von vorne und von hinten zu knipsen. Jetzt musste er nur noch den Film wegschicken, dann hatte er es geschafft.

Er griff nach dem Telefon und wählte Ritas Nummer. Heute was optimales Grillwetter. Er wollte nur hören, ob sie einverstanden war, aber niemand hob ab. Nachdem fünfzehnmal das Freizeichen gekommen war, legte er den Hörer wieder auf. Komisch, dass sie den Anrufbeantworter nicht eingeschaltet hatte, wenn sie vorgehabt hatte, so lange wegzubleiben.

Eine Stunde und zwei Dosen später fing Simon an sich Sorgen zu machen. Sie hatten ja ausgemacht, dass er am Nachmittag anrufen sollte. Es sah ihr nicht ähnlich, so etwas zu vergessen. Im Gegenteil: Simon zog Rita oft auf, weil sie immer so pünktlich war.

Er schlenderte in der Wohnung zwischen Telefon und

Küche hin und her. Da aber immer noch niemand abhob, knöpfte er sein Hemd zu und holte die Autoschlüssel vom Haken in der Küche.

Er fuhr auf dem Weg zur Kapelle viel zu schnell. Zu spät entdeckte Simon das weiße Radarauto in der Kurve. Er fluchte laut, als das Haltezeichen vor ihm geschwenkt wurde. Der Polizist lächelte grimmig und bat um Simons Führerschein. Simon reichte ihn seufzend herüber. Es nützte nichts, zu sagen, dass er sich Sorgen um seine Freundin machte. Es würde nur albern klingen.

„Sie sind etwas zu schnell gefahren", sagte der Polizist.

„Ich weiß schon", entgegnete Simon verschämt und rieb sich den Nacken."

„Sie haben Glück! Heute verwarnen wir Sie nur", fuhr der Polizist fort. „Aber treten Sie in Zukunft nicht voll aufs Gas!" Er reichte Simon den Führerschein durchs Fenster zurück.

„Puh!" Simon atmete auf und versuchte freundlich zu lächeln. Natürlich bekam er das Auto nicht gleich in Gang, als er losfahren wollte. Der Polizist schaute diskret weg. Dann sprang die Karre plötzlich doch wieder an.

Simon schaute auf die Uhr. Er hatte fünf Minuten verloren, aber gleich würde er bei Ritas Haus sein. Sie saß vielleicht schon auf der Treppe, wie sie es immer tat, Rajtan neben sich. Als er aber in den Hof bog, stand die Kapelle still und verlassen da. Niemand öffnete die Tür, als er klopfte, und die Tür war zugesperrt. Er setzte sich auf die Treppe und überlegte. Konnte sie mit dem Hund spazieren gegangen sein? Aber warum so lange? Hatte sie sich vielleicht im Datum geirrt?

„Hallo!" Lovisa stand auf dem Kiesweg, eine Katze im Arm. Sie sah ihn schüchtern unter ihrem Pony hervor an. Ihre nackten Füße gruben sich in den Kies.

„Hallo, Lovisa! Gut, dass du kommst! Hast du eine Ahnung, wo sich Rita herumtreibt? Wir hatten ausgemacht, dass wir uns heute Abend treffen."

„Ich weiß es nicht hundertprozentig. Aber ich habe gehört, worüber sie geredet haben."

„Wer?"

„Jonas und Rita."

„Und wer ist Jonas?", fragte er in schneidendem Ton.

Lovisa starrte ihn an und antwortete nicht.

„Ist sie mit dem Flugzeug unterwegs?", fuhr er fort zu fragen.

Lovisa streichelte der Katze über den Rücken und nickte langsam.

„Meinst du, dass sie mir irgendeine Mitteilung hinterlassen hat?"

„Weiß ich nicht. Sie wollte spätestens um vier Uhr zurück sein. Sie wollten nur eine kleine Runde landeinwärts drehen."

Simon schaute auf die Uhr. Sie zeigte Viertel nach fünf. Hatte sie auf dem Flugplatz vielleicht für jemanden

einspringen müssen? Das war ja nicht so unwahrschein-
lich. Manchmal hatten sie zu wenig Leute. Da fiel
Simon plötzlich etwas ein. „Lovisa, hast du einen
Schlüssel? Können wir nicht hineingehen und nachschauen, ob ein Zettel in der Küche liegt?"

Die Möwe an der Decke kreiste fröhlich, als sie durch
den großen Saal gingen. Das Frühstücksgeschirr stand
noch auf der Küchenbank und auf dem Tisch lag nichts
als eine Flugkarte. Simon setzte sich auf einen Stuhl und
studierte die Karte. Er verstand nicht viel von dem, was
er sah.

Auf den Rand hatte Rita irgendwelche Berechnungen
geschrieben. Aber da lag keine Mitteilung an Lovisa
oder an ihn.

„Das ist alles etwas komisch, meinst du nicht auch,
Lovisa?", fragte er.

„Doch", gab Lovisa zu. „Kannst du nicht bei ihrer
Arbeitsstelle anrufen?"

„Ich habe einen besseren Vorschlag. Wir fahren hin!
Lauf schnell nach Hause und frag, ob du mitkommen
kannst."

„Das darf ich bestimmt nicht, also frage ich nicht
erst lange", sagte sie entschlossen und ihre Augen fun-
kelten. „Komm, wir fahren los! Ich habe schon gegessen, also werden meine Eltern mich eine Weile nicht
vermissen."

Simon musste über ihren plötzlichen Stimmungswechsel lachen. Das träge Mädchen vom Kiesweg war wie ausgewechselt. Er faltete die Karte zusammen und nahm zwei Bananen aus der Obstschale auf dem Tisch. Lovisa hüpfte vor ihm zum Auto.

Sie hielten unterwegs zum Flugplatz vergeblich Ausschau nach Ritas rotem Golf. Lovisa plapperte von Rita und Jonas. Sie lachten beide darüber, dass Simon den dreizehnjährigen Neffen für einen Rivalen gehalten hatte.

In der Tür zum Büro stießen sie mit Harald zusammen, der auf dem Weg nach Hause war.

„Hallo, Simon!", sagte Harald fröhlich. „Willst du Rita abholen?"

„Hallo! Ist sie wieder da?"

„Nein, aber sie wird wohl bald kommen. Sie wollte nur eine Runde landeinwärts drehen."

„Sie ist also nicht beruflich unterwegs?"

„Nein, überhaupt nicht!", glückste Harald. „Ganz freiwillig. Sie durfte den Cub leihen. Diese kleine, schnelle Maschine, du weißt schon."

„Harald", sagte Simon ernst. „Ich mache mir wirklich Sorgen um Rita. Wir hatten heute eine Zeit ausgemacht, und sie ist doch sonst die Pünktlichkeit in Person."

Simon holte seine Zigaretten heraus.

„Ich möchte, dass wir losfliegen und nach ihr suchen."

„Nein, wirklich nicht!", rief Harald bestürzt aus. „Das

ist doch nicht dein Ernst? Das wäre ja so, als ob man nach der bekannten Nadel im Heuhaufen sucht. Wir kennen weder ihre Pläne noch ihren Aufenthaltsort."

„Aber wir können das herauskriegen", sagte Simon und zog die Karte aus der Brusttasche.

„Magst du mal einen Blick darauf werfen? Oder hast du es eilig?", fügte er hinzu.

Harald zögerte. Er erinnerte sich an das komische Gefühl, das er gehabt hatte, als Rita heute früh bei ihm gewesen war. Aber Alice und er wollten sich doch heute einen schönen Abend machen. Er war seit Wochen keinen einzigen Abend daheim gewesen.

„Lasst uns in mein Zimmer gehen und uns gemeinsam diese Karte anschauen", antwortete er schließlich.

Die Sekretärin hob die Augenbrauen, als Harald wieder hereinkam, Simon und Lovisa im Schlepptau. „Wir wollen nur schnell etwas abchecken", erklärte er zu ihr gewandt. „Du hast keine komischen Meldungen aus dem Tower reinbekommen, oder?"

Die Sekretärin schüttelte den Kopf und sie gingen weiter in sein Zimmer. Lovisa sah sich mit großen Augen um. Was für vornehme Möbel und wie viele Ordner überall! An der Decke hing das Riesenmodell eines Flugzeugs, an dem ein langer Werbestreifen mit der Aufschrift Colgate befestigt war. Harald faltete die Karte, die er von Simon bekommen hatte, auseinander und holte ein Vergrößerungsglas aus der Schreibtischschublade. Er studierte sorgfältig Ritas Bemerkungen und Berechnungen am Rand.

„Der nördliche Teil Värmlands", murmelte er vor sich hin.

„Wie bitte?", fragte Simon eifrig.

„Was um Gottes Willen hat sie dort oben in der Wildnis verloren? Da gibt es doch nichts Besonderes zu sehen. Und obendrein hat sie ihren Neffen dabei."

„Ich habe doch die ganze Zeit gesagt, dass etwas faul ist", beharrte Simon.

„Diese Zahlen am Rand sind vielleicht Treibstoff- und Zeitberechnungen. Die Flugzeit beträgt eine Stunde von hier."

„Harald! Ich bitte dich! Lass uns herausfinden, was los ist!"

Harald seufzte, hatte sich anscheinend aber schon entschlossen zu helfen. „Okay! Ich werde mal nachsehen, ob wir irgendeine Kiste auf Lager haben, dann drehen wir eine Runde nach Norden." Er seufzte wieder. „Meine Frau wird sich nicht gerade freuen!"

„Ich werde dir aber ewig dankbar sein, Harald!"

„Na ja, ich bin ja wohl genauso daran interessiert wie du, sie zu finden. Auch wenn ihr selbst nichts zugestoßen ist, die Kiste ist ja schon einiges wert", fügte er grinsend hinzu.

„Und was wird aus mir?", fragte Lovisa, die die ganze Zeit geschwiegen hatte.

„Du kommst natürlich mit", sagte Simon. „Du kannst ja nicht die ganze Zeit hier herumsitzen und warten. Wie viele Sitze hast du, Harald?"

„Vermutlich vier, wenn wir die Kiste kriegen, die ich im Auge habe", sagte Harald auf dem Weg nach draußen.

„Willst du zu Hause anrufen, Lovisa?"

Sie schüttelte energisch den Kopf.

Eine Viertelstunde später kroch eine kleine Piper Cherokee auf die Startbahn. Neben Simon saß eine aufgekratzte Lovisa, die versuchte in alle Richtungen gleichzeitig zu schauen. Sie war noch nie geflogen. Vielleicht würde sie Prügel kriegen, wenn sie nach Hause kam, aber das war es wert. Jedenfalls wollte sie jetzt nicht daran denken. Vielleicht würde sie nun Jonas wieder sehen. Er war ganz anders als die Jungs in der Schule. Nicht blöd oder cool, sondern ganz normal. Und lustig war er auch noch. Ich werde wohl wegen Kindesentführung angezeigt, dachte Simon, aber dafür kommt Lovisa wenigstens auf ihre Kosten. Er kaute an den Fingernägeln herum. Er fühlte sich ungeduldig und nervös. Eine Stunde Flugzeit! Wie sollte er das aushalten?

Das Flugzeug beschleunigte auf etwa 130 Stundenkilometer und hob problemlos von der Startbahn ab. Es stieg gegen einen wolkenfreien Himmel. Der Wind war nur schwach und die Sicht sehr gut. Harald las den Kompass ab und richtete die Schnauze der Maschine auf die Gegend, die auf der Karte eingekreist war. Es war natürlich möglich, dass sie Rita nicht fanden. Harald hatte deshalb den Tower gebeten ihn anzufunken, wenn es dort Neues vom Supercub gab.

Haralds Frau Alice war verständnisvoll gewesen, da sie merkte, dass ihr Mann sich langsam Sorgen machte. Ich hätte Rita gründlicher befragen sollen, dachte er bei sich. Aber es kam ja etwas dazwischen. Eins stand fest: Um diese Zeit hätte Rita schon lange mit dem Cub zurück sein müssen.

6

Das Erste, das Rita ins Bewusstsein drang, waren der Geruch von Rauch und ein stechender Schmerz im Hinterkopf. Die Übelkeit überfiel sie in Wellen. Sie sah einen Balken an der Decke und ein paar kaputte Netze, die an der Wand hingen. Sie versuchte krampfhaft sich zu erinnern, was geschehen war. Plötzlich stand ihr alles mit schmerzhafter Deutlichkeit vor Augen: das Bootshaus, das Flugzeug, der verflixte Landestreifen, die Verbrecher und Jonas.

Sie versuchte sich zu bewegen und stellte fest, dass ihre Hände gefesselt waren.

Langsam drehte sie den Kopf, der Schmerz durchfuhr sie wie ein scharfes Messer, doch was sie sah, ließ sie paradoxerweise Erleichterung spüren. Neben ihr lag Jonas, zwar ebenfalls gefesselt, aber wenigstens am Leben. Auf seinen Wangen zeichneten sich Tränenspuren ab. Rita bekam sofort fürchterliche Gewissensbisse. Wie hatte sie nur so eine Vollidiotin sein können! Wenn sie wenigstens Harald erzählt hätte, was sie vorgehabt hatte. Jetzt wusste kein Mensch, dass sie hier waren! Unverschuldet in eine solche Situation zu geraten war eine Sache, sich bewusst in sie hineinzubegeben eine ganz andere.

Eine Tür quietschte und Rita schloss instinktiv die Augen. Sich bewusstlos zu stellen war eine Möglichkeit, Fragen aus dem Weg zu gehen. Jemand kam, blieb stehen, lief weiter. Rita wollte gerade mit Jonas Kontakt aufnehmen, als die Tür wieder aufging und alle drei Männer hereinkamen.

„Ist sie schon aufgewacht?", fragte der Mann mit der hellen Stimme. „Nein, ich habe sie ein bisschen zu hart angepackt", sagte der Riese und lachte roh. „Vielleicht wacht sie überhaupt nicht mehr auf!"

„Was sind es denn für Typen? Pilzsucher, oder was?"

„Ich weiß es nicht, jedenfalls müssen sie mit einem Flugzeug gekommen sein", sagte der Dritte. „Hierher führen ja keine Straßen. Und es sind wahrscheinlich noch mehr Leute."

„Dann lauert vielleicht noch wer da draußen im Gebüsch?"

„Scheiße! Wo kann der Dritte stecken? Ich habe euch ja gesagt, dass wir hier nicht sicher sind!", sagte die helle Stimme.

„Wer immer sie sind, sie müssen auf dem Landestreifen im Wald gelandet sein. Hätten sie auf dem See aufgesetzt, hätten wir es doch gehört."

„Wir müssen die Gegend dort absuchen", sagte der Riese entschlossen.

„Mist! Das macht uns vielleicht einen Strich durch die Rechnung. Wir haben doch keine Zeit für so was!"

Die Männer waren sichtlich nervös. Abwechselnd fluchten und brüllten sie.

„Und was machen wir in der Zwischenzeit mit den beiden da?", fragte die helle Stimme.

„Du wirst hier bleiben und auf sie aufpassen, während wir zwei die Lage peilen. Dann werden wir die Schnüffler wohl auf irgendeine schlaue Art und Weise loswerden müssen. Man könnte ja aus Versehen einen brennenden Zigarettenstummel fallen lassen oder so was, hahaha!"

„Wer immer der dritte Typ ist, er wird bestimmt hierher kommen und nach seinen Kumpeln suchen. Bei der Gelegenheit schnappen wir ihn!", entschied der Riese.

Die Männer erhoben sich und tuschelten nervös miteinander. Es war deutlich zu erkennen, dass der Ängstliche nicht gern bei den Gefangenen bleiben wollte. Aber wie immer entschied der Riese. Die Tür quietschte und der Ängstliche blieb allein mit seinen Gefangenen im Bootshaus zurück.

Rita konnte sein heiseres Atmen hören. Plötzlich stand er auf und kam zu ihnen her. Sie spürte, mehr als sie es sah, wie er ihr Gesicht beobachtete. Sie meinte zu spüren, wie der kleinste Muskel in ihrem Gesicht zuckte, als sie sich bemühte ganz ruhig zu sein. Endlich zog er sich zurück und ging auf die Tür zu. Als die Tür aufging, schielte sie in seine Richtung. Die Abendsonne warf einen Lichtstreifen auf den alten Holzboden. Ihr Wächter war ein

Kerl von mittlerer Größe mit hängenden Schultern. Er spähte durch die Tür und machte sie dann mit einem Krach wieder zu. Mit raschen Schritten kam er dann wieder zu dem Platz, wo sie lagen. Rita war überzeugt, dass er gemerkt hatte, dass sie wach war. Deshalb war sie auf das Schlimmste gefasst. Im nächsten Augenblick spürte sie seine Hände auf ihren Beinen. Panik breitete sich in ihrem Körper aus. Was hatte er vor? Mit größter Kraftanstrengung beherrschte sie das Verlangen, ihn zu treten. Jetzt wurde ihr klar: Er schnürte ihnen die Beine fest. Sie sollten keine Chance haben zu fliehen.

Der Mann keuchte, als er sich über sie beugte, und ein Gestank von Fusel und Tabak stach ihr in die Nase. Sie biss die Zähne zusammen um bei dieser rohen Behandlung nicht laut aufzuschreien.

Eine Ewigkeit später richtete er sich auf und begutachtete sein Werk. Danach wurde Jonas der gleichen Prozedur ausgesetzt. Auch er gab keinen Laut von sich.

Anscheinend zufrieden ging der Mann wieder zur Tür und spähte hinaus. Er holte etwas und ging wieder zur Tür.

Rita blickte ihn mit halb geschlossenen Augen an und sah, dass er die Leinwände unter dem Arm trug. Offensichtlich wollte ihr Quälgeist ungehorsam sein und das Flugzeug weiter beladen. Er warf einen letzten Blick in ihre Richtung, schien sich nun endgültig entschieden zu haben und verschwand nach draußen. Die Tür fiel mit einem leisen Quietschen hinter ihm zu und sie waren allein.

„Jonas? Hörst du mich?"

„Ja." Seine Stimme klang brüchig.

„Wie geht's dir, mein Armer? Haben sie dir wehgetan?"

„Ein bisschen", gab Jonas zu. „Aber es geht schon. Ich habe nur wahnsinnigen Durst."

„Ich auch. Das sind vielleicht fiese Kerle, die bieten uns nicht einmal ein bisschen Wasser an. Wir scheinen bei ihnen nicht besonders hoch im Kurs zu stehen."

„Da hast du Recht, Rita", stöhnte er.

„Wie meinst du das? Es scheint, dass das Meiste, was mir einfällt, nur in Katastrophen endet. Ich werde wohl nie erwachsen."

„Wir hätten zum Flugzeug zurückgehen sollen, wie du es wolltest. Ich habe nicht daran gedacht, dass sie so clever sein könnten."

„Clever? Feige, meinst du. Aber was soll's, getan ist getan. Das Schlimme ist nur, dass niemand weiß, wo wir sind." Sie zögerte. Vielleicht sollte sie Jonas nicht allzu sehr spüren lassen, wie wenig Hoffnung sie selbst hatte. Sie sollte doch die Stärkere von beiden sein.

„Lovisa hat uns ja daheim zugehört, aber ich weiß nicht, wie viel sie mitgekriegt hat", sagte Jonas.

„Kaum etwas, nehme ich an. Sie interessiert sich eigentlich nur für Tiere."

Jonas wollte etwas einwenden, hatte aber nicht die Kraft dazu. Seine Handgelenke schmerzten von der Schnur und sein Hals fühlte sich so rau an wie Sandpapier. Ihm war, als sei er in einem Alptraum gelandet, aus dem er nicht aufwachen konnte. In den Büchern ging alles meistens gut aus, aber die Wirklichkeit war bedeutend brutaler.

„Hast du geweint, Jonas? Was ist am schlimmsten? Sehnst du dich nach daheim?"

Rita beschloss den Mut nicht zu verlieren und das Beste aus der Situation zu machen. Im Augenblick konnten sie nicht viel mehr tun als miteinander zu reden und den Durst und den Schmerz zu ertragen.

„Ich habe schon ein bisschen Sehnsucht nach daheim, aber deshalb habe ich nicht geweint. Ich habe in die Hose gepinkelt und alles ist so verdammt nass und scheußlich."

„Du Armer! Ja, solche Sachen werden in Abenteuerfilmen oder Fernsehserien nie gezeigt. Da ist der Held immer cool, ganz gleich, wie mies er auch behandelt wird. Und die Frauen fallen vor ihm um wie Kegel."

Jonas drehte den Kopf und stöhnte schwach. Alles tat ihm weh. „Warum hast du eigentlich nie geheiratet, Rita?", fragte er neugierig.

„Weil ich Angst um meine Freiheit habe. Ich möchte nicht, dass irgendjemand mit der Uhr in der Hand auf mich wartet. Obwohl, diesmal wäre es gar nicht schlecht gewesen. Einmal war ich verlobt und das war die totale Katastrophe. Er ließ mich am Schluss gar nichts mehr alleine machen. Jetzt bin ich mit Simon zusammen, ich habe ihn dir noch nicht vorgestellt. Er ist Pressefotograf und reist viel herum, genau wie ich. Wir wohnen nicht zusammen, aber wir treffen uns ab und zu, wenn wir frei haben, und bis jetzt hat es gut funktioniert." Rita hielt inne und lauschte auf Stimmen vor dem Haus.

„Ich bin allein bei meiner Mutter aufgewachsen, weißt du. Dein Großvater wollte ja lieber bei seiner Familie bleiben. Das war ziemlich hart für meine Mutter, aber sie brachte mir bei, was es heißt, auf eigenen Beinen zu stehen und von keinem Mann abhängig zu sein. Die letzten Jahre daheim hatte ich allerdings einen Stiefvater."

„Hat er dich geschlagen?"

Trotz der gefährlichen Lage, in der sie sich befanden, musste Rita schmunzeln.

„Nein, er war lieb, aber ein Langweiler. Damals hatte ich mir schon vorgenommen auszuziehen. Ich hatte einen Mann getroffen, der Pilot bei der Luftwaffe war. Er war es übrigens, der in mir die Leidenschaft fürs Fliegen geweckt hat. Danach hatte ich nur einen Gedanken im Kopf: den Flugschein zu machen. Ich fand, dass es kein schöneres Gefühl gibt als gegen Himmel und Sonne aufzusteigen."

„Geht es dir immer noch so?"

„Ja. Es ist einfach ein herrliches Gefühl abzuheben."

„Und wie ging es mit dem Piloten weiter?"

„Er fiel einer sehr viel ‚bodenständigeren' Frau zum Opfer, einer Lehrerin. Es klappt nicht auf Dauer, wenn beide Partner in der Luft herumfliegen. Die Gefahr ist, dass man sich nur noch auf dem Weg vom und zum Flugplatz trifft." Rita lachte bitter bei dieser Erinnerung. „Er sah aber total gut aus und wir hatten unseren Spaß, so lange es dauerte. Und was ist mit dir, Jonas? Du scheinst doch so ein mutiger, toller Kerl zu sein. Ich bin stolz darauf, so einen Neffen zu haben. Wie geht es dir daheim und wofür interessierst du dich?"

„Zu Hause läuft alles ganz gut, auch wenn ich mich manchmal über meine Schwester ärgere. Sie schnüffelt in meinen Sachen herum. Aber im Augenblick vermisse ich sie sogar." Er unterdrückte ein Schluchzen. „Ich fahre gern Motocross", fuhr er fort. „Ich spare gerade für eine eigene Maschine. Bis jetzt habe ich nur ein Motocross-Rad von einem Freund geliehen. Außerdem gehe ich gern angeln und lese recht viel. Nur in der Schule gefällt es mir nicht besonders. Ich bleibe irgendwie immer Außenseiter. Es ist keine Frage von Mobbing oder so, aber ich bin eben nie mit jemandem zusammen. Aber jetzt spielt das sowieso keine Rolle mehr. Ich werde im Herbst in der Stadt zur Schule gehen. Vielleicht wird dort alles besser."

„Du kommst in die Mittelstufe, nicht?"

„Mm. Wenn ich dann noch am Leben bin, versteht sich."

„Aber natürlich bist du dann noch am Leben! Diese Herren möchten doch nicht auch noch einen Mord auf dem Gewissen haben."

„Hast du nicht gehört, was sie gesagt haben?", fragte Jonas mit zitternder Stimme.

„Doch, aber ich glaube nicht, dass sie es ernst gemeint haben. Ein Brand würde viel zu sehr auffallen."

„Sie glauben, dass ein Mann das Flugzeug geflogen hat", sagte Jonas aufgebracht.

„Ja, so geht es einem manchmal als Frau. Und jetzt können sie die ganze Nacht damit verbringen, nach ihm zu suchen", sagte sie bissig.

„Wie viel Uhr ist es wohl jetzt?", wollte er wissen.

„Ich denke, sechs oder halb sieben Uhr abends."

„Nicht später? Ich habe das Gefühl, hier eine ganze Woche gelegen zu haben."

„Ja, es ist wirklich ätzend. Aber wir müssen versuchen es gemeinsam durchzustehen, Jonas. Weißt du, wonach es hier drinnen riecht?"

„Ich weiß nicht recht. Doch, vielleicht nach Teer und Fisch?"

„Mm. Und ein bisschen nach Petroleum, finde ich. Und nach altem Holz."

„Was sagen wir, wenn sie uns zum Reden zwingen?"

„Dass wir einen Motorschaden hatten und notlanden

mussten. Das können sie kaum nachprüfen. Ich habe den Zündschlüssel im BH. Und dort sind sie noch nicht gewesen. Aber sie haben mir meine Weingummis geklaut, die Schufte!"

„Und die Wasserflasche."

„Sie haben wahrscheinlich gedacht, dass Schnaps drin ist."

Rita versuchte die Stellung zu wechseln um die Schmerzen in Armen und Beinen zu lindern. Sie hatte das Gefühl, auf einem Kiesweg zu liegen.

„Wenn wir wieder frei sind, unternehmen wir irgend-etwas ganz Schönes, Jonas. Das verspreche ich dir."

Jonas schniefte laut neben ihr und sie ließ ihn weinen. Es war ja wirklich alles schrecklich aussichtslos. Das konnte sie nicht bestreiten.

„Pst! Nimm dich zusammen, Jonas!", flüsterte Rita plötzlich. „Ich glaube, ich höre jemanden kommen."

7

Simon blickte auf den dunkelgrünen Teppich unter ihnen. Kilometer um Kilometer nichts als Wald. Nirgendwo war ein einziges Haus zu sehen. Was in aller Welt könnte Rita hier draußen unternehmen wollen? War ihr Neffe etwa ein Waldfan? Wenn sie ihm professionelles Fliegen hätte vorführen wollen, hätte sie es doch auch daheim in ihrer Gegend tun können? Ihn hatte sie ja total geschockt, als sie mit ihm Loopings geflogen war. Aber das war in der Nähe vom Flugplatz gewesen.

„Jetzt kommen wir der Sache schon etwas näher", sagte Harald mit einem Blick auf die Karte. „Ich gehe etwas runter und dann versuchen wir nach den beiden Ausschau zu halten." Lovisa hing schon halb vom Sitz um nichts zu verpassen. Die Baumwipfel waren ganz nah. Sie konnte sogar die Zapfen an den Ästen sehen.

„Harald!", schrie Simon völlig unbeherrscht. Er reckte sich vor und packte Harald an den Schultern.

„Ein Flugzeug! Es muss Ritas Maschine sein."

„Beruhige dich! Wo ist es denn? Okay, dann wollen wir uns die Sache mal etwas näher anschauen. Ich muss dich aber darum bitten, nicht so rumzubrüllen. Ich bekomme Schluckauf hier vorne."

Harald flog eine scharfe Kurve und glitt erneut über die kahle Stelle im Wald. Am einen Ende der Schneise waren der Rumpf und die Tragflächen eines Flugzeuges zu sehen.

„Verdammt! Du hast Recht. Das ist der Cub! Was in aller Welt hat die Maschine hier zu suchen? Da muss irgendetwas mit der Kiste nicht in Ordnung sein."

„Hoffentlich sind sie nicht verletzt! Meinst du, dass du hier landen kannst?" Simon fischte in seiner Brusttasche nach der Zigarettenschachtel. Dann holte er seine Kamera heraus und schoss ein paar Fotos durch die Fensterscheibe.

„Es ist etwas knifflig, weil der Cub da steht, aber ich werde einen Versuch am Waldrand machen. Pfui Teufel, Simon. Rauch jetzt bitte nicht!"

Simon machte verschämt seine Zigarette aus, während Harald noch eine Kurve drehte um die Schneise richtig zu erwischen. Er verringerte das Tempo und die Maschine sank wie eine riesige Libelle.

Lovisa hatte Angst und hielt sich an Simons Arm fest, aber er bemerkte es gar nicht. Er war zu sehr mit seinen eigenen Gefühlen beschäftigt.

Harald konzentrierte sich, so gut er konnte. Das war wieder so eine Situation, in der er seine Erfahrung mit schwierigen Landungen unter Beweis stellen konnte. Er zielte mit der Schnauze neben den Cub und hoffte, dass die Maschine nicht die Tragflächen des anderen Flugzeugs rammen würde. Die Bahn war nicht breit, aber sie passierten den Cub haarscharf und landeten vor ihm. Es rumpelte heftig, bevor die Maschine zum Stehen kam, und Lovisa hielt sich den Kopf mit den Händen. Harald war zufrieden. Er fuhr noch ein Stückchen weiter und drehte die Maschine, sodass sie auf einem Abhang zum Stehen kam. Er machte den Motor aus und gab Simon grünes Licht die Tür aufzumachen.

Simon ließ sich nicht zweimal bitten. Er warf die Kamera über die Schulter und sprang auf die Tragfläche hinaus und von dort auf den Boden. Er fing an durch das hohe, gelbe Gras auf den Cub zuzulaufen. Harald schüttelte den Kopf über ihn, lächelte Lovisa zu und hob sie auf den Boden hinunter.

Sie konnten von hier den Cub nicht sehen, aber er konnte höchstens hundert Meter entfernt sein.

„Wie geht es dir?", fragte er Lovisa freundlich. „Hast du bei der Landung Angst gehabt?"

„Ein bisschen", gab sie zu. „Aber es war ganz toll! Glaubst du, dass Rita und Jonas hier irgendwo sind?"

„Müssen sie wohl. Aber was passiert ist, kann ich mir nicht vorstellen. Rita hätte ja über Funk eine Meldung durchgeben können, wenn irgendwas mit der Maschine nicht in Ordnung gewesen wäre. Aber das hat sie ja offensichtlich nicht getan. Der Sender kann natürlich auch mal ausfallen, aber das kommt nur selten vor."

Schweigend liefen sie das letzte Stück zum Cub.

Schon von weitem sah Harald das abgebrochene Fahrwerk. Er beschleunigte seine Schritte und Lovisa musste fast rennen um mitzuhalten. Die Türen zum Cockpit waren offen und drinnen stand Simon mit einem aufgeregten Hund, der um ihn herumsprang.

„Rajtan!", rief Lovisa.

Der Dackel lief auf sie zu und stieß sie vor Freude fast um. Simon schaute nicht so erfreut. Er hatte gehofft auch Rita hier zu finden.

„Was meinst du, Harald? Sind sie verletzt?"

„Nein, dieses kleine Missgeschick dürfte ihnen keine Schwierigkeiten bereitet haben. Die Maschine ist ja sonst nicht beschädigt."

„Das Cockpit war nicht abgesperrt. Da drinnen habe ich nur den Hund, eine Tüte mit belegten Broten, Obst und Süßigkeiten gefunden."

„Findest du das nicht auch merkwürdig?", sagte Harald und prüfte den Schaden am Fahrgestell. Das Flugzeug war damit noch flugtüchtig. Man hätte den Schaden sogar heimlich an Ort und Stelle reparieren können, dachte er. Oder man hätte einen Mechaniker holen können, der die Strebe austauscht, damit man um die Selbstbeteiligung herumkommt.

„Was ist merkwürdig?", fragte Simon und schoss ein Foto vom Cub.

„Dass die Brote noch hier liegen, obwohl es doch so spät ist. Sie ist schon gegen zehn Uhr losgedüst. Sie

66

müssten doch jetzt völlig ausgehungert sein. Es ist ja bald sieben Uhr."

Simon starrte ihn an. Der Wind fegte durch das trockene Gras in der Rodung. Simon tastete wieder nach seinen Zigaretten.

„Du hast Recht. Es ist wirklich seltsam. Harald, was machen wir, verdammt noch mal?", sagte er verzweifelt.

„Als Erstes, finde ich, könntest du das Rauchen sein lassen. Der Boden ist trocken wie Zunder. Es toben schon mehrere Waldbrände im Land und wir wollen doch nicht noch einen zusätzlichen verursachen. Zweitens finde ich, dass wir das Essen einpacken und sie suchen gehen sollten."

„Entschuldigung, aber ich bin total nervös. Die Frage ist nur, wo wir nach ihnen suchen sollen."

Er machte eine ausholende Geste. „Sie können ja überall sein."

Die beiden Männer ließen den Blick zu den dichten Baumreihen schweifen. Wo sollten sie anfangen?

„Ich hab's!", sagte Lovisa plötzlich.

Sie hatte mit Rajtan im Arm dagesessen und zugehört. Simon und Harald starrten sie an, als ob sie ihre Anwesenheit völlig vergessen hätten.

„Ich habe Rajtan zum Spürhund abgerichtet. Sie könnte uns zu Rita und Jonas führen. Wenn wir nur eine Leine finden und irgendetwas, das Rita gehört."

„Spitze!", rief Simon aus.

Harald ging in die Kabine und holte das Essen heraus. Die Leine lag auf dem Boden neben dem Beifahrersitz. Ein Paar Handschuhe steckten im Türgriff. Vorsichtig nahm er einen Handschuh zwischen zwei Finger, beugte sich vor und überprüfte den Treibstoffanzeiger: Drei Viertel voll. Wegen Benzinmangels war Rita also jedenfalls nicht hier runtergegangen.

„Genug Treibstoff hatte sie", sagte er zu Simon. „Das war's also nicht!"

Lovisa nahm Rajtan an die Leine, ließ sie an dem Handschuh schnuppern und gab ihr den Befehl: „Frauchen suchen!"

Der Hund fing sofort an mit dem Schwanz zu wedeln und fuhr auf der Stelle herum, die Schnauze am Boden. Gleich hatte das Tier Witterung aufgenommen und sauste zwischen den Grasbüscheln durch.

Zu Simons Überraschung führte die Spur in unwegsames Gelände. Sie kamen immer schwerer voran. Es kam ihnen völlig unbegreiflich vor, warum Rita mit Jonas unbedingt hier hatte gehen wollen. Die Fragen häuften sich in Simons Kopf. Warum waren die beiden nicht bei der Maschine geblieben, wo sie die größte Chance gehabt hätten, von Neuankömmlingen entdeckt zu werden?

Und warum hatten sie den Hund zurückgelassen?

Die beiden Männer mussten sich anstrengen um dort voranzukommen, wo Rajtan und Lovisa leicht durchschlüpften. Plötzlich erstarrte Rajtan und knurrte dumpf. Der Hündin sträubte sich das Fell und ihre scharfen Eckzähne blitzten. Im nächsten Augenblick hörten sie das Knacken eines Astes und gedämpfte Stimmen. Da Rajtan knurrte, konnte es sich kaum um Rita und Jonas handeln. Harald wollte kein Risiko eingehen.

Auf ein Zeichen von ihm duckten sich alle hinter ein paar Büsche. Lovisa kauerte zwischen den Männern.

Simon hielt Rajtans Schnauze zu.

„Und wenn sie doch allein sind", sagte eine Stimme ganz in der Nähe. „Dann sind sie ja ziemlich harmlos."

„Hältst du es für glaubhaft, dass eine junge Frau mit einem Jungen allein in entlegene Waldgebiete aufbricht?", meinte der andere.

„Nein, eigentlich nicht, aber …"

„Aber was?", wiederholte der andere schnippisch.

Rajtan wand sich um Simons Eisengriff zu entkommen. Das Tier zitterte vor Aufregung. Im letzten Augenblick kam Harald Simon zu Hilfe. Rajtan durfte sie jetzt nicht verraten.

„Bertil, was hast du mit ihnen vor?"

„Sie im Bootshaus zu lassen, wenn wir abhauen."

„Aber dort wird sie kein Mensch finden."

„Und wenn schon, ich habe nicht viel übrig für Rotznasen und neugierige Weibsbilder."

Die Männer waren vorbeigegangen, und die drei konnten nicht mehr hören, was sie sagten.

Harald und Simon sahen sich an. Sie hatten sich vieles ausgemalt – alles, nur nicht das! Das Ganze hatte plötzlich eine völlig andere Wendung genommen. Rita und Jonas waren in Lebensgefahr!

„Es kann nicht den geringsten Zweifel daran geben, dass die Kerle von Rita und Jonas gesprochen haben", sagte Simon aufgeregt. „Wollen wir ihnen nachgehen?"

Harald schüttelte den Kopf.

„Nein. Es ist wichtiger, dass wir Rita und Jonas finden. Mit Sicherheit werden sie irgendwo gefangen gehalten. Wir können nur hoffen, dass Rajtan sie aufspürt. Wenn sie das nicht schafft, wird es schwierig."

„Und was ist mit unserem Flugzeug?"

„Das sieht man nicht vom Cub aus, wenn man nicht direkt danach sucht. Es steht an einem Hang, wie du weißt. Und warum sollten sie nach etwas suchen, von dem sie nichts wissen?"

Er hatte Recht. Sie hatten gute Chancen, dass das Flugzeug unentdeckt blieb. Simon sah Lovisa an und begegnete Haralds Blick. Wie groß doch die Verantwortung war, die sie für das Mädchen hatten, jetzt, da alles so schlimm gekommen war. Aber daran ließ sich jetzt nichts mehr ändern.

„Okay, Lovisa", flüsterte Harald ihr zu. „Lass uns weitergehen. Wir haben keine Zeit zu verlieren!"

8

Die Tür zum Bootshaus ging mit einem Knall auf. Rita und Jonas lagen regungslos da und wagten kaum zu atmen. Es war der Ängstliche, der vom Flugzeug zurückkam. Er ging zu ihnen hinüber, als ihm aber nichts Besonderes auffiel, kehrte er zu den Leinwänden zurück. Er kramte herum, als suche er ein bestimmtes Motiv, lud sich eine neue Last auf und ging zur Tür.

Er überprüfte sorgsam, ob alles in Ordnung war, bevor er wegschlich. Das alte Haus knarrte und ächzte, als er über den Boden lief. Rita konnte seine Schritte im Rücken spüren, wenn sich die Dielen unter seinem Gewicht bogen. Wen er ihnen nur etwas Wasser geben würde! Aber darum zu bitten, hätte geheißen zu verraten, dass sie wach waren.

Das Schlimmste war, dass sie keine Ahnung hatte, wie sie und Jonas hier wegkommen sollten. Auch wenn sie versuchte, mit den Männern zu reden, standen die Chancen gering, dass diese Kerle sie freilassen würden.

Andererseits hatten sie ja nicht viel zu verlieren, falls … Der Mann streckte seine Hand aus um die Tür zu schließen.

„Hallo!", rief Rita.

Ihre Stimme klang brüchig, aber es war klar, dass er sie gehört hatte, weil die Leinwandrollen auf den Boden plumpsten. Er fluchte, hob die Leinwände wieder auf und legte sie zu den anderen. Dann kam er zu ihnen her. Rita konnte im Halbdunkel seinen Gesichtsausdruck nicht erkennen, sie sah nur, wie sich sein riesiger Körper vor ihr auftürmte.

„Aha, ihr seid also aufgewacht. Was zum Teufel habt ihr zwei hier draußen in der Wildnis verloren?", donnerte er spöttisch.

„Das würde ich Ihnen gern erzählen, wenn Sie uns etwas Wasser geben", erwiderte Rita ruhig.

„Das wirst du mir auch so erzählen, meine Liebe", sagte der Mann. „Aber selbstverständlich kann ich euch etwas Wasser anbieten."

Er holte ihre eigene Wodkaflasche vom Tisch, entkorkte sie und hielt sie Jonas an den Mund. Das Wasser lief dem Jungen übers Gesicht, denn er konnte es nicht so schnell herunterschlucken, wie es aus der Flasche lief. Aber es schmeckte göttlich.

Rita wurde der gleichen erniedrigenden Behandlung ausgesetzt, aber sie ließ sich nicht anmerken, das sie vor Wut kochte. Verdammt, wie konnte man ein Kind so behandeln! Wie kriminell einer auch war, es gab doch Grenzen! Sie zählte bis zehn um sich zu keiner unvorsichtigen Bemerkung hinreißen zu lassen, die ihre Situation nur noch verschlimmert hätte.

„Na!", sagte ihr Wärter. „Was hat euch hierher gebracht?"

„Wir waren auf einem Vergnügungsflug, als wir plötzlich einen Motorschaden hatten. Mein Neffe hatte sich gewünscht, dass wir eine Runde landeinwärts drehen. Und dann, ja, dann legte ich mitten im Wald eine Notlandung hin. Das war's."

„Und dass soll ich Ihnen abnehmen?", dröhnte der Mann.

„Ja, das steht Ihnen natürlich frei, aber es ist die Wahrheit. Besondere Sehenswürdigkeiten hat diese Gegend ja nicht gerade zu bieten."

Jonas war sprachlos. Dass Rita sich so was traute! Die Sehenswürdigkeiten lagen wohl gestapelt dort hinten in der Ecke. Ihm war klar, dass sie die Chance zum Reden ergriffen hatte, damit sie trinken durften. Nie hatte Wasser so gut geschmeckt. Jonas seufzte und schluckte. Würde er jemals seine Familie wieder sehen?

„Und ihr habt nicht noch jemand im Flugzeug dabeigehabt?"

„Nein."

„Und wo haben Sie die Maschine her?", fragte der Mann skeptisch.

„Die habe ich beim Taxiflug in Vaxjö gemietet. Es ist eigentlich gar nicht so teuer. Wenn man es nicht allzu oft macht, versteht sich."

Rita redete daher, als hätte sie einen alten Bekannten

auf der Straße getroffen. Jonas wollte plötzlich los-
kichern; das Ganze war total absurd.

„Ich glaube Ihre Geschichte nicht ganz", sagte der
Mann kurz. „Und was habt ihr unten am Wasser getrieben?"

„Wir haben natürlich nach Leuten gesucht, die uns
helfen könnten."

Jetzt kicherte Jonas wieder. Sie hatten wirklich Leute
getroffen, aber was für welche! Jetzt war der Mann still
und wirkte völlig ratlos.

„Darf ich eine Frage stellen?", erkundigte sich Rita.

„Meinetwegen."

„Warum behandeln Sie uns wie Verbrecher?"

„Weil ihr eure Nasen in Dinge gesteckt habt, die euch
nichts angehen", donnerte der Mann. „Wir möchten
keine Einmischung in unsere Geschäfte haben."

„Aber wir konnten doch nicht wissen …"

„Genug gequasselt, Madam! Der Chef wird sich um
euch kümmern."

Er stand von dem Stuhl auf, auf dem er gesessen hatte,
und ging wieder zur Tür. Rita ging ihm schon langsam
auf die Nerven. Bald würde sie ihn völlig durcheinander
bringen, das spürte er schon.

Ganz in der Nähe bahnten sich Harald, Simon und
Lovisa langsam einen Weg durch das Gelände. Rajtan
lief immer zielstrebig in eine Richtung und zog wild an

der Leine. Lovisa hatte alle Hände voll zu tun um mit-
zukommen. Rajtan führte sie immer weiter weg vom
Flugzeug. Schließlich lichtete sich der Wald, vor ihnen
lag genau dasselbe Szenario, das Rita und Jonas ein paar
Stunden früher vor sich gesehen hatten: das graue
Bootshaus und die Aalreusen, die an der Wand hingen.
Alles strahlte Ruhe und Frieden aus.

„Glaubst du, dass sie da drinnen sind?", flüsterte
Simon.

Harald nickte. Die Männer hatten von einem Häuschen geredet. Und hier schien es ja nicht gerade viele
davon zu geben.

„Aber warum, Harald, warum?"

„Sie sind wohl diesen Kerlen in die Hände gefallen
und die wirken ja gelinde gesagt etwas suspekt."

„Aber ich begreife nicht, warum Rita überhaupt in der
Waldschneise gelandet ist!", beharrte Simon. „Die Maschine hatte ja noch Treibstoff im Tank, hast du gesagt."

„Zu gegebener Zeit werden wir es erfahren", meinte
Harald genervt. „Jetzt müssen wir auf alle Fälle irgendetwas unternehmen."

In diesem Augenblick drangen Geräusche aus dem
Haus. Simon konnte gerade noch die Hand über Rajtans
Schnauze legen, als die Tür aufging und ein Mann aus
dem Haus trat. Er sah sich genau um. Er trug etwas
unter dem Arm. Als ihm nichts Besonderes auffiel, ging
er rasch weiter.

„Aber jetzt!", flüsterte Harald.

Sie krochen alle drei von hinten an das Haus heran und suchten unter den Reusen Schutz. Harald hatte schon überlegt, ob sie Lovisa mit dem Hund im Wald zurücklassen sollten, war aber dann zu der Überzeugung gekommen, dass dies doch etwas zu riskant sei. Die Lage war auch so schlimm genug. Er legte sein Ohr an die graue Wand und lauschte auf Geräusche. Als er nichts hörte, klopfte er vorsichtig. Erst einmal, dann noch einmal.

Plötzlich kam eine Antwort. Jemand trat oder hämmerte drinnen gegen die Wand. Die beiden Entführten waren also wenigstens am Leben.

„Simon? Kannst du dich an der Wand entlangschleichen und nachschauen, ob die Tür abgeriegelt oder zugesperrt ist? Wir müssen unheimlich fix sein. Bald werden unsere Freunde von der Waldschneise zurück sein."

Simon nickte und kroch an der Bootshauswand entlang. Lovisa fröstelte vor Aufregung und Harald legte seinen Arm um sie.

„Es ist unheimlich wichtig, dass Rajtan uns jetzt nicht verrät", flüsterte er. „Du musst dafür sorgen, dass sie nicht bellt."

Jetzt war Simon zurück.

„So weit ich sehen kann, ist da nur ein Holzriegel an der Tür", flüsterte er. „Hast du ein Messer dabei?"

„Ja. Und wer von uns beiden geht hinein?", fragte Harald.

„Ich gehe", sagte Simon und schluckte.

Harald reicht ihm wortlos das Messer. Simon, der normalerweise nie teilnahm am Geschehen und nur die Bilder schoss, sollte also jetzt plötzlich der Hauptakteur sein. Es war ungewohnt.

„Okay, ich schiebe draußen Wache. Wenn jemand kommt, versuche ich sie aufzuhalten, bis ihr draußen seid."

„Es klingt gefährlich, aber wir haben wohl keine andere Wahl."

„Und du, Lovisa, bleibst mit dem Hund hier! Lass Rajtan nur im äußersten Notfall frei", ermahnte Harald sie.

Die beiden Männer verschwanden um die Hausecke. Lovisa hielt Rajtan die Schnauze zu, setzte sich hin und wartete.

Simon konnte in der Dunkelheit zunächst gar nichts erkennen. Sein Herz klopfte heftig.

„Rita!", flüsterte er, so laut er sich traute.

„Hier! Simon! Hier drüben! Beeil dich! Er ist bestimmt gleich wieder zurück!"

Er tappte in Richtung Ecke und spürte mit einem Mal ihre Beine vor sich. Rita war ja mit festen Stricken gefesselt! Er zog das Messer aus der Brusttasche und fing an, an dem Seil herumzusäbeln.

„Nimm dir erst Jonas vor!", flüsterte Rita. „Er liegt hier neben mir! Es ist am wichtigsten, dass er hier rauskommt."

Typisch Rita!, dachte Simon. Sie dachte immer zuerst an die anderen. In Anbetracht der Umstände hielt sie sich erstaunlich wacker. Simon schnitt fieberhaft in das dicke Seil um Jonas' Füße. Endlich hatte er es geschafft und konnte den Rest herunterwickeln.

„Kannst du stehen? Die Hände kommen später dran."

„Ich werde es versuchen", sagte Jonas zittrig. Er wusste nicht, woher er die Kraft hatte, aber er richtete sich auf, wenn auch etwas schwankend. Dann nahm er Kurs auf den länglichen Lichtstreifen, der anzeigte, wo die Tür war. Ach du heiliger Strohsack, seine Beine fühlten sich an wie Spaghetti. Zum Glück war seine Hose inzwischen getrocknet. Keiner außer Rita brauchte etwas davon erfahren, dass er vor Angst in die Hosen gepinkelt hatte.

„Harald ist da draußen. Geh schon mal auf die Rückseite des Hauses!", flüsterte Simon, der gerade mit dem Messer in das Seil um Ritas Beine hineinschnitt.

„Bitte, Simon, schneller!", keuchte Rita. „Der Wächter kann jeden Augenblick wieder hier sein!"

„Ich tue, was ich kann. Wie geht es dir denn?"

„Ich habe Angst, aber ich lebe. Still! Hörst du?"

Simon lauschte und hörte Rajtans dumpfes Knurren durch die Wand. Ihm wurde klar, dass er es nicht rechtzeitig schaffen würde. Er musste den Kampf mit dem Seil aufgeben und Rita hinaustragen. Zwar waren sie dann sehr viel verletzbarer, aber er hatte keine Wahl. Er bückte sich und versuchte Rita vom Boden hochzuheben. Sie stöhnte schwach, bemühte sich aber sich zu entspannen, um ihm den Kraftakt zu erleichtern. In bester Cowboymanier warf Simon Rita über die Schulter und schleppte sie ab. Aber eins war sicher: Das war alles nicht so einfach, wie es im Kino aussah.

Simon gelang es, mit seiner Last bis zur Tür zu gelangen, doch da sah er schon einen Mann aus dem Wald direkt auf sie beide zulaufen.

9

Lovisa kämpfte tapfer mit einer immer aufgeregteren Rajtan. Der Hündin gelang es immer wieder, sich aus Lovisas Griff zu winden. Mal knurrte Rajtan, mal winselte sie. Ihr Rückenfell war steif wie eine Nagelbürste. Der Dackel hatte Ritas Stimme gehört und wollte nur noch eins: seinem Frauchen zu Hilfe kommen.

„Nein, Rajtan, nein!", flüsterte Lovisa. „Noch nicht!"

Manchmal hatte sie Angst, dass die Hündin vor lauter Aufregung nach ihr schnappen könnte. Da würde sie sie loslassen müssen. Immer wieder musste sie die Leine des Dackels einholen, als sei er ein großer, nach Luft schnappender Hecht an der Angel. Schließlich hob sie Rajtan hoch, bis diese es wieder schaffte, sich freizuwinden.

Lovisa schielte ängstlich zur Hauswand. Warum geschah nichts? Es kam ihr so vor, als wären Harald und Simon mindestens schon seit einer Stunde weg. Hinzu kam, dass es im Gras vor Ameisen nur so wimmelte. Lovisa musste unaufhörlich mit den Füßen aufstampfen, damit sie ihr nicht in die Hosenbeine krochen. Es brannte höllisch, wenn einer Ameise ein Volltreffer gelang. Einmal hatte sich Lovisa in einen Ameisenhaufen gesetzt. Sie konnte sich immer noch gut an das Brennen am Hintern erinnern. Endlich kam jemand um die Ecke gewankt, die Hände noch auf den Rücken gebunden. Es war Jonas! Die Haare standen ihm zu Berge und er war blass. Harald ging dicht hinter ihm und stützte ihn mit der Schulter.

„Lovisa!", zischte Harald schnell. „Nimm Jonas mit. Sucht Schutz im Wald! Es ist lebensgefährlich für euch, hier zu bleiben. Wir kommen dann nach. Hier sind die Brote! Ich könnte mir vorstellen, das Jonas vielleicht Hunger hat."

Sie nickte, nahm die Tüte entgegen und zog Jonas mit sich ins Gebüsch hinter dem Haus. Aber schnell ging es nicht, denn Rajtan weigerte sich mitzukommen. Lovisa seufzte. O Mann, o Mann, war dieser Hund manchmal ätzend!

Jonas versuchte Rajtan mit dem Fuß nach vorne zu schubsen, auch wenn die Gefahr, dass er selbst dabei hinfallen würde, groß war. Er war immer noch total wackelig auf den Beinen. Der Dackel sah ihn knurrend an, ließ sich aber dann zum Weiterlaufen bewegen.

„Komm schon!", rief Lovisa ungeduldig und riss den Hund mit sich fort.

Hinter ihnen waren plötzlich Rufe und Schreie zu hören.

„Da haben wir den Salat!", flüsterte Jonas. „Lovisa, wir können die anderen doch jetzt nicht im Stich lassen!"

Sie sahen sich ratlos an. Es war ihnen klar, dass Harald und Simon entdeckt worden waren. Im schlimmsten Fall waren es drei gegen zwei.

„Aber was sollen wir tun? Was können wir schon gegen diese Brutalos da ausrichten. Abgesehen davon hat uns Harald gebeten von hier wegzulaufen", flüsterte ihm Lovisa ins Ohr. Sie hatte zweifellos Recht. Außerdem waren seine Hände immer noch festgebunden und er konnte nicht das Geringste tun. Jonas sah den Hund an, der auf- und niederhüpfte und im Falsett bellte.

„Ich hab's! Lass Rajtan frei! Wenn es da drüben eine Prügelei gibt, kann sie vielleicht helfen."

Lovisa zögerte. Sie dachte daran, was Harald gesagt hatte: im äußersten Notfall. Aber der schien jetzt wirklich eingetreten zu sein. Ein grauenvolles Gebrüll aus dem Haus ließ all ihre Skrupel verschwinden. Mit einem Griff nahm sie dem Dackel die Leine ab. Rajtan fuhr los, wie von der Tarantel gestochen.

Bald mischten sich unter das Gebrüll auch wütendes Bellen und Schmerzensschreie. Lovisa zitterte vor Anspannung und Angst. Sie sah Jonas flehend an. „Lass uns weitergehen. Wenn wir uns ein Stückchen weiter weg verstecken, werde ich versuchen den Strick um deine Hände aufzukriegen."

„Schade, dass wir nicht wissen, was da drüben passiert", seufzte Jonas. Er hätte sehr gern geholfen.

Sie krochen weiter durchs Gebüsch. Dieselben

Bäume und Zweige, die vorher nur ein Hindernis für sie gewesen waren, boten ihnen jetzt willkommenen Schutz. Sie hielten erst an, als keine Stimmen oder Geräusche mehr zu hören waren.

Jonas fiel auf die Knie. Er war total am Ende. Der Hunger rumorte in seinem Magen. Lovisa machte sich gleich an das Seil. Es saß fest wie angewachsen und die Knoten wollten nicht aufgehen.

„Kann ich mich hinlegen?", fragte Jonas mit matter Stimme.

„Klaro!", sagte Lovisa. „Wenn ich nur an die Knoten herankomme."

Er sank auf den Bauch und presste sein Gesicht ins Moos. Es war heute das zweite Mal, dass er vor diesem Mädchen auf die Nase fiel. Und aus dieser Stellung würde er ohne ihre Hilfe nicht wieder herauskommen. Aber er war froh, dass sie bei ihm war. Er spürte ihr weiches Haar und ihren warmen Atem auf seinen Handgelenken. „Was tust du da?"

„Ich versuche die Knoten durchzubeißen. Der eine scheint sich allmählich ein bisschen zu lockern. Aber sie sind wirklich knallhart. Tut es weh?"

„Ein bisschen, aber das Schlimmste ist die Arme nicht bewegen zu können. Ich habe ziemliche Schmerzen in den Schultern."

„Du Armer!", sagte sie mitfühlend. „Hätte ich bloß ein Messer!" Lovisa griff nach der Tüte mit den belegten

Broten. Vielleicht hatte Rita irgendein spitzes Werkzeug eingepackt?

Ein Raubvogel ließ sein Klagegeschrei über ihnen ertönen. Jonas und Lovisa zuckten unwillkürlich zusammen und lauschten auf andere Geräusche.

„Schau hier! Yippie! Ein Flaschenöffner mit einer scharfen Spitze! Damit kann ich vielleicht den Knoten knacken."

„Du hättest echt eine Rolle in ‚Akte X' verdient!", sagte Jonas bewundernd. „Wenn wir das in der Schule erzählen, glaubt uns kein Schwein."

„Deshalb lassen wir es lieber sein", sagte sie und machte sich wieder an den Knoten ran.

Endlich schaffte sie es, den Öffner zwischen zwei Stricke zu zwängen, und begann ihn hin und her zu drehen. Langsam, ganz langsam gab der Knoten nach. Ihr wurde ganz heiß vor Stolz und Aufregung, als sie schließlich den Strick Runde um Runde aufwickeln konnte. Jonas war frei!

Was für ein Gefühl! Er wollte Lovisa umarmen, aber seine Arme gehorchten ihm nicht. Er konnte sie kaum in die richtige Lage bekommen. Er drehte sich und versuchte die Arme zu heben. Lovisa stiegen Tränen in die Augen, als sie seine Handgelenke sah. Der Strick hatte sich tief eingegraben und rote Spuren in der Haut hinterlassen. Vorsichtig massierte sie seine Handgelenke, erst das eine, dann das andere.

Sie kicherte los, als sie daran dachte, dass es das erste Mal war, dass sie einen fremden Jungen anfasste. Jonas hielt die Augen geschlossen, während sie ihn massierte. Jetzt blickte er sie fragend an.

„Es ist nichts", sagte sie mit spöttischem Blick. „Willst du jetzt was essen?"

Lovisa zog ihn hinunter in die Hocke und reichte ihm ein Brot. Nie in seinem Leben hatte Jonas etwas so Leckeres vorgesetzt bekommen. Der totale Wahnsinn! Es hätte sogar Ziegenkäse auf diesem Brot sein können!

Die Sonne war hinter den Baumwipfeln verschwunden und die Dämmerung senkte sich über den Wald. Die Silhouetten von Fledermäusen schwirrten über den rosaroten Abendhimmel. Lovisa fröstelte. Was würde geschehen, wenn sie gezwungen wären hier draußen im Wald zu übernachten?

„Jetzt musst du aber erzählen, wie ihr uns gefunden habt", bat Jonas. „Wir haben nicht geglaubt, dass eine einzige Menschenseele wüsste, wohin wir geflogen sind. Hast du auch was zu trinken? Super! Aber wir müssen Rita etwas übrig lassen. Sie hat genau wie ich die ganze Zeit nichts gegessen."

Und während sie warteten, dass etwas passieren würde, erzählte Lovisa von der Karte und von Simon und Harald.

„Eure Maschine steht also auch da drüben?"

„Ja, aber man kann sie vom Cub aus nicht sehen."

„Und wie kam es dazu, dass du auch mitkommen durftest?"

„Das war Simons Idee und ich habe sofort angebissen. Natürlich wird die Hölle los sein, wenn ich nach Hause komme, aber da kann man eben nichts machen. Wenn ich vorher gefragt hätte, hätte ich nie mitfahren dürfen."

„Das heißt, du bist einfach abgehauen?"

Lovisa nickte. „Meine Eltern erlauben mir doch nie etwas. Ich habe seit meiner Geburt nichts als nein gehört. Am schlimmsten ist es, wenn es um Dinge in der Schule geht, die alle anderen tun dürfen."

„Die Klassenfahrt zum Beispiel?"

Sie sah ihn erstaunt an. „Woher weißt du das?"

„Rita hat es mir erzählt."

„Ich musste zwischen einem neuen Fahrrad und der Klassenfahrt wählen. Aber irgendwie war das unmöglich. Was ich auch gewählt hätte, es wäre mir falsch vorgekommen. Schließlich entschied ich mich doch für das Fahrrad. Davon habe ich länger etwas. Aber es war echt hart. Ich hatte ja mit den anderen zusammen drei Jahre für die Reise gearbeitet, Strümpfe verkauft und Kerzen angemalt."

Lovisa zog ihren Pulli über die Knie um sich zu wärmen. „Erwachsene spinnen doch total! Deswegen halte ich mich an die Tiere. Die lassen mich nicht im Stich und mögen mich, so wie ich bin. Da muss ich kein Theater spielen um es ihnen recht zu machen. Kannst du das verstehen?"

„Klaro!"

Das Haar fiel ihr ins Gesicht, als sie nach etwas auf dem Boden griff. Dann schaute sie hoch und begegnete seinem Blick. „Wir hatten Spaß heute früh", sagte sie lächelnd.

„Mm. Wenn wir hier mit dem Leben davonkommen, wiederholen wir unseren Ausflug, oder?" Jonas sah auf sein Handgelenk, wo sonst seine Uhr saß. Verdammte Schurken! Sie hatten seine Uhr geklaut.

„Es ist halb neun", sagte Lovisa.

„Ich frage mich, warum die anderen nicht kommen. Wenn sie wieder eingesperrt worden sind, sollten wir versuchen uns zum Flugzeug durchzuschlagen. Dort können wir Notsignale senden."

„Schon, aber ich finde trotzdem, dass wir noch eine Weile bleiben sollten, Rajtan findet uns leicht hier."

Sie verstummten und lauschten auf die Geräusche im Wald. Aber sie hörten nur das Summen der Mücken und das Pochen ihres eigenen Herzens. Lovisa in ihrem dünnen Pulli klapperten die Zähne. Sie unterdrückte ein Gähnen.

Es dauerte nicht lange, bis Jonas auch gähnte. Aber sie durften doch jetzt nicht einschlafen! Vielleicht sollte ich Lovisa etwas wärmen, wenn sie so friert, dachte Jonas. Er traute sich nicht Lovisa anzuschauen, aber er legte seinen Arm um sie und zog sie näher an sich heran. Seine Arme gehorchten ihm wieder. Er dachte dran, dass er bestimmt nach Schweiß oder sonstwie unangenehm roch, aber das war nun mal nicht zu ändern. Lovisa musste mit ihm, so wie er war, vorlieb nehmen.

Sie lehnte sich an seine Schulter. Ihre Lider waren schwer wie Blei. Sie hatte nicht einmal mehr die Kraft, sich zu fürchten – weder vor brutalen Verbrechern noch vor dem drohenden Krach mit ihren Eltern.

10

Auf der Türschwelle hielt Simon mit seiner Last inne. Die unterschiedlichsten Gedanken schossen ihm durch den Kopf. Sollte er Rita loslassen und auf den Mann losgehen? War der Kerl bewaffnet? War er allein oder waren sie zu mehreren? Ihm war sofort klar, dass Rita die erste Zielscheibe sein würde, wenn der Mann zu schießen anfing.

„Lass sie los, du Arsch!", brüllte der Mann. „Sonst machen wir Hackfleisch aus euch allen!"

„Einen Dreck macht ihr!", rief Harald, der um die Ecke gekommen war.

Der Mann zögerte einen Augenblick und sah von einem zum anderen. So weit es Simon beurteilen konnte, war er unbewaffnet. Kein Messer blitzte auf.

„Lauf!", zischte Harald Simon zu. „Ich kümmere mich so lange um unseren Freund hier."

„Nein!", brüllte der Mann. „Sie bleibt hier!" Er stürzte sich auf Simon.

Harald warf sich blindlings auf den Mann und packte ihn um die Schultern. Er stieß ihm das Knie ins Zwerchfell, und sie gingen beide zu Boden. Harald bekam einen Schlag aufs Auge und konterte mit einem

Ellbogen in den Schritt. Die beiden Männer lieferten sich einen wilden Ringkampf auf dem Boden.

Es fiel Simon schwer, Harald in dieser Lage zu verlassen, aber er sah ein, dass er Rita in Sicherheit bringen musste. Er schleppte sich hinters Haus. Dort ließ er sie auf den Boden heruntergleiten und suchte nach seinem Messer um ihre Fesseln aufzuschneiden.

„Nein, Simon!", sagte Rita resolut. „Das kann warten. Er bringt Harald um, wenn du nicht eingreifst. Es sind ja nicht gerade Wichtelmännchen, mit denen wir es hier zu tun haben. Wenn es sein muss, schrecken sie nicht mal vor Mord zurück. Mach schnell! Die anderen zwei können jeden Augenblick hier sein."

Widerstrebend gab Simon Rita Recht. Es fiel ihm schwer, sie wie ein Bündel auf dem Boden liegen zu lassen.

„Simon?", rief sie ihm nach. „Ist dir bewusst, dass du die Kamera um den Hals hängen hast?"

Er nickte. Er war die Kamera so gewohnt, dass sie ihm schon wie ein Teil seiner selbst vorkam. Das Stöhnen von einem der Kämpfenden bewegte ihn dazu, schleunigst zurückzulaufen. Rita hatte Recht gehabt. Er kam in letzter Minute. Harald saß in der Klemme. Simon schoss im Laufen ein Bild von dem Schurken, der auf Harald draufsaß.

Simon brüllte laut um den Mann dazu zu bringen, den Griff um Haralds Kehle zu lockern. Dann warf er sich mit seinem ganzen Gewicht auf ihn und zog ihn im Fallen mit sich. Der Mann keuchte vor Anstrengung und versuchte jetzt, Simons Hals zu packen. So muss es sein, mit einer Dampflok zu kämpfen, dachte Simon bitter.

Wumm! Da landete der Gegner einen Volltreffer in Simons Zwerchfell! Ihm wurde schwarz vor Augen und er schnappte nach Luft. Es wurde ihm schlagartig klar, dass er lieber einen Lehrgang für Selbstverteidigung statt eines Tanzkurses hätte besuchen sollen. Hoffentlich hielt das die Kamera aus! Wahrscheinlich. Sie hatte ja schon früher einige Härten erlebt.

Das Schlimmste war, dass Simon nicht erkennen konnte, ob sich Harald bewegte. Er machte einen Versuch, sich zur Seite zu werfen und auf die Füße zu kommen, um besser sehen zu können. Es gelang ihm, aber sein Gegner tat das Gleiche. Nun standen sie mit erhobenen Armen da wie zwei Boxer und fixierten einander. Simon konnte aus den Augenwinkeln sehen, wie Harald sich mühsam aufrichtete. Puh! Wenigstens war er noch am Leben!

Plötzlich bekamen sie unverhoffte Hilfe. Simon sah etwas Graues über den Boden herbeiflitzen. Es war Rajtan. Der Dackel fiel seinen Gegner an, das Hundemaul klappte auf und zu wie das eines Krokodils. Der Hund lief um den Mann herum, bellte und schnappte wild nach dessen Hosenbein.

Er schrie vor Schmerz auf, als der Dackel ihm ins Bein biss, und hüpfte auf dem Boden herum um sich zu schützen.

Simon starrte fasziniert dieses kleine Wesen an, das er bislang für einen braven Familienhund gehalten hatte. Rajtan war wie ausgewechselt. Ihr Körper war hart wie ein gespannter Bogen, sie fletschte die Zähne und ihr Knurren klang wie ein Gurgeln. Selbst ein Polizeihund hätte es nicht besser machen können.

„Simon! Schau im Bootshaus nach, ob da ein Strick herumliegt. Mit Rajtans Hilfe wäre es doch gelacht, wenn wir den Kerl nicht überwältigen könnten!"

Rasch lief Simon ins Haus und suchte auf dem Boden. Drinnen war es so dunkel, dass er sich mit den Händen über die Bodendielen tasten musste. Plötzlich stieß er in der Ecke auf einen Haufen Rollen. Was zum Teufel konnte das sein? Neben den Rollen lag ein Seil. Es war kurz, aber es musste genügen.

Simon und Harald gingen gemeinsam auf den Mann los, der immer noch auf der Stelle hin und her hüpfte; Rajtan war sein Dompteur.

„Nehmt den Hund weg! Ihr könnt mit mir machen, was ihr wollt, wenn ihr nur den Hund zurückhaltet!", rief er verzweifelt."

„Okay, Rajtan! Hör auf!"

Der Dackel hielt inne und sah zu Simon hinauf. Ist der Spaß etwa schon zu Ende?, schien ihr Blick zu sagen. Sie bewegte sich nicht von der Stelle, knurrte aber weiter leise vor sich hin. Sie war bereit das Spiel jeden Augenblick wieder von vorne zu beginnen.

Der Verbrecher leistete keinen nennenswerten Widerstand, als Harald und Simon seine Hände auf den Rücken banden und ihn ins Haus hineinschoben. Ein einziger Blick auf den Dackel, der ihm dicht auf den Fersen war, genügte, um ihn einzuschüchtern.

„Wir müssen auch seine Beine zusammenbinden", sagte Harald. „Ist noch ein Strick da?"

Simon schüttelte den Kopf.

„Dann muss ich eben meinen Gürtel opfern", sagte Harald. „Im besten Kaufhaus am Platz gekauft. Schade um das gute Stück."

Sie zwangen den Mann auf den Boden, zogen mit Hilfe von Simons Gürtel seine Beine zusammen und fesselten ihn an einen Balken an der Wand.

„Das hätten wir! Da wird er wohl eine Weile bleiben", sagte Harald.

Simon kämpfte an gegen das Verlangen, den Mann auszufragen. Rajtan knurrte an der Tür. Das konnte nur eins bedeuten. Harald und Simon rasten aus dem Haus und hin zu der Stelle, an der Rita lag.

„Sie kommen! Bitte, lasst mich nicht hier liegen. Könnt ihr mich nicht ein Stückchen tragen?", flüsterte sie verzweifelt.

„Hast du sie nicht alle?", rief Simon, der seine Arme

schon um ihren Oberkörper gelegt hatte. „Meinst du, wir lassen dich hier allein, oder was?"

Harald packte mit festem Griff ihre Beine. Dann trugen die beiden Rita so schnell sie konnten fort vom Bootshaus.

„Rajtan!", rief Rita. „Komm hierher!"

Sie wusste, dass die Verbrecher den Hund erschießen würden, falls sie ihn erwischten. Der Dackel gehorchte, seine Aufmerksamkeit war aber nach hinten gerichtet.

„Weißt du, ob sie bewaffnet sind?", keuchte Harald, als hätte er ihre Gedanken gelesen.

„Nein, aber es wäre gut möglich. Es geht ja um viel Geld."

Rita weiß anscheinend schon Bescheid, um was es geht, dachte Simon, als er sich weiter nach vorne kämpfte. Zweige und Reisig schlugen gegen ihre Körper. Sie schafften es, über einen Graben und durch sumpfiges Gelände zu kommen. Einen Augenblick ruhten sie sich aus und horchten, ob sie verfolgt wurden.

„Wo ist Jonas?", fragte Rita plötzlich.

„Er ist bei Lovisa. Hoffentlich sind sie schon ein gutes Stück tiefer in den Wald vorgedrungen."

„Lovisa? Ist sie auch dabei? Aber Simon!"

„Ja, das war vielleicht nicht besonders schlau", gab er zu.

„Aber sie war die Einzige, die eurer Unterhaltung zugehört hatte und ungefähr sagen konnte, wohin ihr wolltet. Und sie war es auch, die Rajtan dazu gebracht hat, euch aufzuspüren. Ohne sie hätten wir euch nicht so schnell gefunden."

Rita antwortete nicht. Sie dachte daran, wie Lovisas Eltern reagieren würden. Aber dieses Problem stand vorerst noch nicht an.

„Aber wie konnte sie wissen, wohin wir geflogen sind?", beharrte Rita.

„Die Landkarte, Rita. Du hattest die Karte auf dem Küchentisch liegen lassen. Mit ihrer Hilfe fand Harald deine Flugroute heraus."

„Anscheinend lohnt sich Vergesslichkeit also doch manchmal!"

Endlich wirkte Rajtan etwas ruhiger und nicht mehr so angespannt. Es war ihnen also doch niemand unmittelbar auf den Fersen.

Bald gelangten sie auf trockeneren Boden und der Wald lichtete sich ein wenig.

„Ich kann nicht mehr", sagte Harald. „Diesem Kerl sind ein paar gute Treffer gelungen. Können wir uns nicht eine Weile ausruhen und inzwischen Rita von ihren Fesseln befreien?"

Vorsichtig legten sie Rita auf den Boden. Simon suchte das Messer heraus, während Harald sich auf dem Moos ausstreckte. Rajtan leckte ihm das Gesicht ab und verfolgte genau, was Simon trieb, setzte sich dann neben ihn und hielt Wache.

Rita ächzte während der Befreiungsversuche; als die Stricke um Arme und Beine sich endlich lockerten, konnte sie immer noch den Druck der Fesseln spüren. Simon rieb ihre Haut um die Blutzirkulation wieder in Gang zu bringen.

„Hast du etwas Essbares dabei?", fragte Rita.

Simon kramte in seiner Tasche und stieß auf etwas Klebriges.

„Nur zwei zerquetschte Bananen. Magst du sie?"

„Ich nehme alles. Ich glaube, ich würde sogar Gras fressen. Du hast nicht zufällig ein paar Weingummis?"

Er schüttelte lächelnd den Kopf.

Es fing an dunkel zu werden. Harald richtete sich vorsichtig auf. Sein Körper tat ihm überall weh. Es war höchste Zeit, nach den Kindern zu suchen, aber zuerst musste er wissen, was es mit den Verbrechern auf sich hatte. Er kramte in seiner Brusttasche. Die Pfeife war noch da, aber der Tabak war weg. Den hatte er in der Hitze des Gefechts verloren.

„Hier, schlachte doch ein paar von meinen Zigaretten", schlug Simon vor, der ihn beobachtet hatte. „Besser als nichts."

Harald nahm die Zigaretten dankbar entgegen und leerte den Inhalt in den Pfeifenkopf. Simon sah ihm eine Weile zu. Jetzt fand sogar Harald es angebracht, zu rauchen. Er zündete eine Zigarette an und konnte nicht schnell genug daran ziehen. Nach all den Aufregungen hatten sie nun wirklich einen Zug verdient.

„Rita, kannst du jetzt ein bisschen erzählen? Wir haben immer noch keine Ahnung, worum es hier eigentlich geht", sagte Harald müde. „Es ist, als würde man mitten in einem Theaterstück, das man nicht geprobt hat, auf der Bühne landen."

Rita nickte und lehnte sich an einen Baumstamm. Sie lauschte in den Wald hinein und begann, den Blick stets auf ihren wachsamen Hund gerichtet, zu erzählen, was sie und Jonas erlebt hatten.

Simon zog gierig an seiner Zigarette und schaute missbilligend drein. Dass sie es nie lassen konnte, sich in alles einzumischen. Sie hätte doch verdammt noch mal nur der Polizei melden müssen, was sie gesehen hatte, und dann wäre die Sache erledigt gewesen. Eigentlich hatte er immer von einem ganz anderen Frauentyp geträumt: von einem häuslichen Mädchen, das das Essen fertig hatte, wenn er nach Hause kam. Es war ihm unbegreiflich, wie er an dieser wilden Person hatte hängen bleiben können. Aber eins musste man ihr lassen: langweilig war es mit Rita nie!

Es wurde immer dunkler, aber die silbernen Streifen zwischen den Bäumen verrieten, dass der Mond aufgegangen war.

Harald brütete düster vor sich hin, aber er konnte nicht umhin Ritas Mut zu bewundern. Er hantierte mit seiner Pfeife und zündete sie erneut an.

„Donnerwetter! Die gestohlenen Gemälde!", rief er dann nach langem Schweigen aus. „Das waren dann wohl die Bilder, die zusammengerollt im Bootshaus herumlagen. Dann haben wir also nur einen Bruchteil der Mannschaft kennen gelernt."

„Stimmt!", sagte Rita. „Jetzt dürfen wir sie bloß nicht entkommen lassen."

11

Rita! Du willst doch nicht allen Ernstes diesen Verbrecher weiter hinterherjagen?", fragte Simon
bestürzt. „Reicht es dir nicht, dass du fast um-
gekommen bist?"

„Bitte, Simon, hör mir lieber zu!", flehte Rita.
„Als ich auf dem Boden im Bootshaus lag, habe ich
gehört, dass sie sich hier verstecken, weil sie auf ihren
Boss warten. Mit anderen Worten: Der Rest der Bande
verübt zur Zeit weitere Diebstähle. Wenn die verübt sind, wollen die Verbrecher sich alle miteinander ins Ausland absetzen. Sie wollen wahrscheinlich
mit ihrer Kiste unterhalb der Radarhöhe fliegen. Jetzt,
da ihr Geheimnis verraten ist, glaube ich, dass sie versuchen werden, so schnell wie möglich mit dem Flugzeug abzuhauen. Wenn sie nicht zuerst uns aufspüren
wollen natürlich ..." Rita verstummte und sah Rajtan
an. Der Hund hatte sich hingelegt und wirkte ruhig.
„Da sie aber glauben, dass unsere Maschine flug-
unfähig ist, machen sie sich vielleicht nicht allzu viele
Sorgen", fuhr sie fort. „Sie werden es bestimmt vor-
ziehen, mit der vorhandenen Beute von hier zu ver-
duften."

„So, so", sagte Simon ungeduldig. „Und was sollen wir dagegen unternehmen?"

„Wir können einiges tun um das zu verhindern", sagte Rita und wandte sich Harald zu, auf dessen Unterstützung sie hoffte. „Vorausgesetzt, dass sie eure Maschine nicht sabotiert haben."

„Das glaube ich kaum", sagte Harald. „Wir haben sie außer Sichtweite vom Cub geparkt, und der ist doch die Maschine, nach der sie suchen. Für sie gibt es keinen Grund, nach zwei Maschinen zu suchen."

„Gut! Dann machen wir uns gleich auf den Weg zu eurer Maschine und verfolgen damit die Seekiste."

„Aber Rita!" Harald versuchte ihren Eifer etwas zu dämpfen. „Gerade du müsstest doch wissen, wie schwierig es ist, in der Luft eine so kleine Maschine zu verfolgen. Besonders jetzt, wo es dunkel ist."

„Ich weiß. Das müssen wir aber gar nicht. Ich glaube nämlich, dass ich weiß, wo sie hinwollen."

Simon sah sie verständnislos an.

„Wie kannst du das wissen?", wollte Harald neugierig wissen. Er machte die Pfeife wieder an. Jetzt fing es an spannend zu werden.

„Weil ich einen Dränagehahn der Seekiste geöffnet habe. Mit einem einzigen Tank werden sie nicht besonders weit kommen."

„Donnerwetter!", rief Simon beeindruckt aus. „Das hast du auch noch geschafft?"

„Was meinst du, haben sie es inzwischen bemerkt?", fragte Harald.

„Nein, das glaube ich nicht. Wenigstens haben sie nichts davon erwähnt, als ich mich bewusstlos stellte. Alle drei waren viel zu sehr mit der schockierenden Tatsache beschäftigt, dass man sie entdeckt hatte."

„Und jetzt sind sie gezwungen den nächsten Flugplatz anzufliegen, um zu tanken", sagte Harald, dem nun endlich dämmerte, worauf sie hinauswollte.

„Exakt!", rief Rita begeistert. „Da es sich um ein Amphibienflugzeug handelt, können sie bei Bedarf auch auf einer Piste aufsetzen. Der nächste Flugplatz ist eine halbe Flugstunde von hier entfernt. Wir müssen jetzt die Kids finden und uns dann, so schnell wir können, in die Luft schwingen. Von dort können wir die Towerfrequenz für den Notalarm erreichen. Vielleicht schafft es der Bodendienst, die Polizei rechtzeitig zu dem Flugplatz zu schicken. Dann können sie sich um unsere Freunde kümmern."

„Du hast schon alles geplant", sagte Simon spöttisch. „Ich dachte, du hättest genug von diesem Abenteuer."

„Jedenfalls scheinst du davon genug zu haben!"

„Hört auf euch zu streiten! An dem, was Rita sagt, ist etwas dran, Simon. Die Chancen stehen gut, dass die Gangster in diese Falle gehen. Ohne Treibstoff haben sie keine Wahl. Die Towerfrequenz hat man ganz selten an, höchstens in einer Notsituation. Außerdem haben sie ja keine Ahnung davon, dass wir noch eine flugtaugliche Maschine zur Verfügung haben. Sie haben ja nur den Cub gesehen."

„Hoffentlich!", murmelte Simon.

„Mensch, Simon!", flehte ihn Rita an. „Komm, sag schon, dass du beim Finale dabei bist. Sonst ist ja dieses ganze Abenteuer umsonst gewesen."

„Na dann, okay!"

Plötzlich fuhr Rajtan hoch und knurrte aufgeregt. Rita hielt ihr das Maul zu und horchte auf fremde Geräusche. Vielleicht war es falscher Alarm gewesen, denn der Hund beruhigte sich schnell wieder. Es war aber tatsächlich an der Zeit weiterzugehen. Ein blasser Mond war über den Baumwipfeln erschienen und die Schatten wurden zahlreicher.

Alle drei sprangen auf. Rita lockte den Dackel zu sich.

„Such Lovisa!", flüsterte sie dem Hund zu.

Rajtan zögerte einen Moment, dann aber sauste sie los durchs Gebüsch. Rita musste sie immer wieder zurücklocken um herauszufinden, wohin sie wollte.

„Hat keiner von euch einen Gürtel?", fragte Rita.

„Meiner ist noch im Bootshaus", antwortete Simon.

„Leider nein, meine Hosen blieben auch so oben", sagte Harald.

Bald darauf war der Hund verschwunden. Wie sehr Rita auch lockte, der Wald blieb still und geheimnisvoll. Sie kamen überein dort zu bleiben, wo sie waren. Sonst würden sie sich womöglich noch verirren.

Jonas wachte auf, als Rajtan ihm das Gesicht ableckte. Zuerst hatte Jonas keine Ahnung, wo er sich befand. War er zu Hause in seinem Zimmer? Dann war aber sein Bett ganz schön unbequem geworden. Er konnte in der Dunkelheit kaum etwas wahrnehmen. Da spürte er Lovisas Körper neben dem seinen und den Boden unter sich. Jonas schüttelte sie sanft, während Rajtan erwartungsvoll mit dem Schwanz wedelte.

„Lovisa! Rajtan hat uns gefunden. Da können die anderen nicht mehr weit weg sein. Du! Du musst jetzt aufwachen!"

Sie setzte sich widerwillig auf. Sie fröstelte.

„Mir ist total kalt", klagte sie.

Er legte wieder den Arm um sie. Er wünschte, dass er ihr etwas zum Anziehen hätte geben können. Aber er war ja selbst genauso durchgefroren. Beide zitterten sie wie Espenlaub.

„Rajtan!", sagte Lovisa, als sie wieder munter war. „Geh wieder zu deinem Frauchen zurück!"

Der Hund ließ sich nicht zweimal bitten. Es raschelte im Gras, dann war das Tier verschwunden.

„Sie haben ja keine Leine", erklärte Lovisa. „Deshalb ist es schwer für sie, dem Hund im dunklen Wald zu folgen."

Kurz darauf hörten sie Schritte und Stimmen. Jonas und Lovisa waren in großer Aufregung, bis Rajtan wieder auftauchte.

„Hier sind wir!", rief Jonas.

Es kam zu einer echten Wiedersehensparty mit Küssen und Umarmungen im Mondschein.

„Jonas! Mein wieder gefundener, heiß geliebter Neffe! Ein Glück, dass wir davongekommen sind. Aber warte nur ab, bis dein Vater davon erfährt. Dann dürfen wir uns bestimmt nie wieder sehen!", rief Rita und umarmte Jonas.

Trotz der Dunkelheit wurde er stocksteif. Er wollte gern locker sein und ihre Umarmung erwidern, aber es wollte ihm nicht gelingen. Sie war so stürmisch, seine Tante! Aber er hatte sie total gern.

„Lovisa! Ein Glück, dass du dabei warst. Jetzt hast du endlich dein Spurentraining mit Rajtan am Ernstfall erproben können, stimmt's? Aber du frierst ja, Mädchen! Haben wir ihr nichts anzubieten, Jungs?"

Simon zog seinen Pulli aus und reichte ihn Lovisa.

„Jetzt müssen wir schauen, dass wir so schnell wie möglich zum Flugzeug zurückkommen", erklärte Harald ihnen. „Rita, hast du noch den Kompass? Ich habe keine Ahnung, in welche Himmelsrichtung wir gehen müssen."

„Wie ist es euch da drüben ergangen? Sind sie hinter uns her?", fragte Jonas.

„Es kam natürlich zu einer Prügelei und sie haben Harald übel mitgespielt. Die Rettung war, dass ihr Rajtan freigelassen habt. Sie machte kurzen Prozess mit dem Übeltäter. Dann mussten wir ihn nur noch fesseln und uns mit Rita davonmachen", erzählte Simon.

„Wir wissen nicht, ob die Verbrecher uns verfolgen", fügte Harald hinzu. „Vielleicht haben sie die Suche aufgenommen und sie bei Einbruch der Dunkelheit abgebrochen. Es könnte natürlich auch sein, dass sie beim Cub Wache schieben. Da müssen wir auf der Hut sein."

Rita hatte den Kompass in der Tasche gefunden. Sie spürte an den Fingerkuppen, dass das Glas zerbrochen war, hoffte aber, dass er dennoch in Ordnung war.

Simon leuchtete ihr mit dem Feuerzeug. Ja, der Zeiger funktionierte noch.

„In die Richtung", sagte Rita und zeigte durch die Bäume.

Lovisa zitterte. Es kam ihr vor, als ob die Schatten sich bewegten.

„Aha", meinte Harald, „ich hätte schwören können, dass wir in die entgegengesetzte Richtung gehen müssen."

„Ich habe Brote und etwas zum Trinken für dich aufgehoben", sagte Jonas zu Rita.

„Du bist ein Schatz! Ich muss essen, während wir laufen. Vielleicht können wir uns die Ration teilen."

Sie machten sich auf den Weg in die Richtung, die Rita angegeben hatte. Jonas und Lovisa durften vorausgehen, während Rajtan mal voraus-, mal hinterherlief. Es war ein gutes Gefühl, den Hund dabeizuhaben.

Es war schon schwierig gewesen, bei Tageslicht das Unterholz zu durchqueren, jetzt, in der Dunkelheit, war es noch beschwerlicher.

Jonas und Lovisa gerieten immer wieder Spinnennetze in den Mund, Äste und Zweige schlugen ihnen ins Gesicht. Sie konnten die Augen nicht offen halten, sondern mussten sich wie Blinde weitertasten.

Schließlich gaben sie auf und baten darum, als Letzte gehen zu dürfen. Als Simon, Rita und Harald ihnen einen Weg bahnten, ging es etwas besser. Wenigstens mussten sie weniger Spinnennetze ausspucken.

Jonas dachte über all die Dinge nach, die in so kurzer Zeit passiert waren. Es kam ihm vor, als wären sie eine Woche im Wald gewesen. Doch die Gefahr war noch nicht gebannt. Wer wusste, was noch kommen würde? Diese brutalen Verbrecher machten doch vor nichts Halt. Er erinnerte sich mit Schrecken an die Pranken, die seine Kehle zugedrückt hatten.

Da spürte er mit einem Mal eine ganz andere, kleine Hand, die die seine streifte. Ihm wurde ganz warm und er lächelte vor sich hin.

Vorsichtig nahm er Lovisas Hand und hielt sie fest.

12

Lovisa hatte ganz andere Dinge im Kopf. Zuerst fiel ihr auf, wie deutlich alle Geräusche in der Nacht zu hören waren: das Atmen der anderen, Rajtans nervöses Hin und Her, das Knacken der Äste auf dem Boden, der unter ihren Füßen nachgab; Geräusche, die Lovisa nie so genau wahrgenommen hätte, wenn sie am helllichten Tag hier gelaufen wären.

Dann begann Lovisa sich vorzustellen, wie es wohl werden würde, wenn sie nach Hause kam. Nun konnte sie diesen Gedanken nicht mehr verdrängen. Sie bereute nicht, dass sie mitgekommen war. Nein, ganz und gar nicht, aber es würde nicht einfach sein, ihren Eltern zu begegnen. Vielleicht hatten sie die Polizei angerufen und sie als vermisst gemeldet. Es war ja immerhin schon mitten in der Nacht. Oder doch nicht. Wahrscheinlich hatten sie sich überhaupt keine Sorgen gemacht.

Wenn Rita und Jonas bloß wüssten, dass sie manchmal geschlagen wurde. Sie hatte das noch nie jemandem erzählt. Es war so erniedrigend. Aber sicher spürte Rita, dass ihre Eltern nicht besonders nett zu ihr waren.

Lovisa fühlte sich plötzlich so einsam. Ein Glück,

dass Jonas neben ihr ging. Sie fühlte sich geborgen, wenn sie seine Hand hielt. Er war so groß und wirkte so viel älter als sie. Und dennoch konnte er auch recht kindlich sein. Aber er war lange nicht so ätzend wie die meisten Jungs.

Aber bald würde der Spaß zu Ende sein. Sie würde wahrscheinlich nach alldem hier nicht mehr zu Rita gehen dürfen. Ihre Eltern beschwerten sich auch so oft genug darüber, dass sie zu häufig hinging. Wie sollte sie ihnen jetzt bloß erklären, weshalb sie die ganze Nacht weg gewesen war? Sie war ja nicht gerade gekidnappt worden, sie war aus freien Stücken mitgegangen.

Kalte Luft schlug ihr entgegen, als sie schließlich die Schneise erreichte. Die Lichtung war vom Mond erhellt und Lovisa konnte jetzt die Konturen derjenigen unterschieden, dir vor ihr gingen.

„Welche Kiste hast du denn dabei, Harald?", fragte Rita.

„Eine Piper Cherokee."

„Die hat aber nur Platz für vier."

„Ja, daran habe ich gerade gedacht. Dann müssen die Kids sich eben einen Sitz teilen."

„Dagegen haben sie bestimmt nichts", meinte Rita viel sagend.

Lovisa ließ sofort Jonas' Hand los. Lieber vorsichtig sein. Erwachsene kamen immer auf so komische Gedanken.

„Wie viel wiegst du, Jonas?"

„Neunundfünfzig Kilo."

„Mann, o Mann! Und du, Lovisa?"

„Vierzig."

„Dann passt ja alles", sagte Rita. „Ich wiege nur sechzig."

„Wie meinst du das?", fragte Jonas.

„Ja, die Kiste schafft vier Personen und man geht von einem Durchschnittsgewicht von fünfundachtzig Kilo pro Person aus. Es ist wichtig, dass die Maschine kein Übergewicht bekommt und die Gewichtsverteilung nicht ungleich ist. Diese Faktoren beeinflussen den Schwerpunkt und dadurch die Steuerbarkeit der Maschine. Deshalb müssen wir hinten sitzen und die schwereren Jungs vorne."

Harald blieb stehen und wies die anderen an das Gleiche zu tun.

„Jetzt nähern wir uns langsam dem Cub", sagte er mit leiser Stimme. „Es besteht die Gefahr, dass jemand hier auf der Lauer liegt. Ich schlage vor, dass wir uns der Maschine kreisförmig nähern und versuchen uns von hinten an die Cherokee anzuschleichen. Aber denkt daran: Ihr müsst mucksmäuschenstill sein!"

Sie schlugen sich bis zum Rand der Lichtung durch und schlichen sich am Waldrand entlang ans andere Ende der Schneise. Lovisa hatte wieder Jonas' Hand genommen und er zog sie durchs Gebüsch. Sie war so müde, dass sie nicht mehr einen einzigen Schritt allein zu tun wagte.

Rita nahm sicherheitshalber Rajtan an die Leine. Vor lauter Anspannung vergaß sie die schmerzenden Fußgelenke. Hoffentlich erreichen wir die Maschine, bevor es zu spät ist, dachte sie.

Jonas und Rita knurrte der Magen so laut, dass sie sich das Kichern nicht verkneifen konnten. Harald rief sie verärgert zur Ruhe.

Das freie Feld leuchtete im Mondschein weiß wie Schnee und der Cub zeichnete sich wie eine große, schwarze Fliege mitten auf der Bahn ab.

Lovisa fuhr zusammen, als ein Ast mit einem lauten Knacken brach.

„Bist du erschrocken?", flüsterte Jonas.

„Und wie", gab Lovisa zu.

Er drückte ihre Hand etwas fester.

„Ich habe gedacht, dass jemand vom Cub aus auf uns geschossen hat", flüsterte Lovisa. „Wir sind doch hier die reinsten Zielscheiben."

„Nein, das glaube ich nicht. In diesem Fall würden wir besser sehen als sie", flüsterte er zurück. „Es ist immer schwerer, aus dem Licht ins Dunkel zu schauen, als umgekehrt."

Harald fing an zu rennen und die anderen folgten ihm. Aber plötzlich stolperte Jonas über eine Wurzel und zog im Fallen Lovisa mit sich. Die Erwachsenen bemerkten nichts, sondern liefen weiter voraus. Nur ihr Atmen war zwischen den Stämmen zu hören.

„Ist dir was passiert?", fragte Jonas und half Lovisa auf.

„Nein, ich bin okay, glaub ich, nur mein Fuß fühlt sich so komisch an."

Jonas nahm Lovisa am Arm und stützte sie, als er sie weiter durchs Gebüsch zog.

Plötzlich hallten laut aufdröhnende Flugzeugmotoren durch die Nacht. Jonas und Lovisa blieben stehen und lauschten.

„Jonas? Die hauen doch nicht ohne uns ab?", fragte sie verzweifelt.

„Das kann nicht unsere Maschine sein, Lovisa. Das Geräusch kommt von weiter weg. Es muss die Seekiste sein! Sie machen die Fliege! Komm, schnell, Lovisa!"

Ein Stück weiter vorne packte Rita Haralds Arm.

„Da haben wir sie", keuchte Harald. „Du hast Recht gehabt. Rita. Sie versuchen zu fliehen. Hoffentlich kriegen wir gleich die Kiste nach oben."

„Wo zum Teufel sind Jonas und Lovisa?", fluchte Rita.

„Ich schaue mich nach ihnen um", sagte Simon. „Lauft ihr beide vor!"

Simon fand die beiden einige hundert Meter zurück. Er nahm Lovisa an der anderen Hand, so zogen die beiden das Mädchen zum Flugzeug.

111

„Was tun wir jetzt?", fragte Jonas neugierig.

Simon kam nicht dazu, ihm zu antworten. Jetzt hieß es an Bord gehen und zwar schnell.

Sie liefen, so schnell sie konnten, auf die Maschine zu und trugen Lovisa zwischen sich.

Als sie ankamen, hatte Harald schon den Motor gestartet und warm laufen lassen. Zusammen mit Rita begann er Betriebstemperatur und Motorleistung abzuchecken. Simon stand noch am Boden und half den jungen Leuten an Bord. Zum Schluss schubste er Rajtan hinein und sprang als Letzter selbst hinauf.

„Ihr müsst euch den Sitz dahinten teilen", sagte Simon. „Gurtet euch an, so gut es geht. Und kümmert euch um Rajtan!"

„Okay, dann schwirren wir ab!", sagte Harald, schaltete die Scheinwerfer an und drehte die Maschine so vorsichtig, als stünde sie auf einem Fünfpfennigstück.

Rita stieg nach hinten und Simon setzte sich neben Harald. Beim Start machte die Maschine einen Ruck und Lovisa landete auf Jonas' Schoß. Das ist ja gar nicht so unangenehm, dachte er, und schlang die Arme um sie.

Die Maschine rollte die unebene Bahn entlang. Sie legte sich schräg und schlingerte. Die Passagiere wurden ordentlich durchgeschüttelt, bevor die Maschine schließlich abhob. Dabei schien es, als werde sie von einem starken, unsichtbaren Arm gezogen. Harald gelang es, haarscharf an dem beschädigten Cub vorbeizukommen. Wenn dieser nur etwas anders gestanden hätte, wäre der Start nicht gelungen.

„Mit diesem Start hätte ich die Luftfahrtprüfung bestimmt nicht bestanden", sagte Harald ironisch. Als sie auf Höhe der Baumwipfel waren, wechselte die Maschine in einen gewöhnlichen Steigflug.

Lovisa schluckte und schüttelte den Kopf, weil ihre Ohren zu waren. Ihr wurde plötzlich bewusst, dass sie auf Jonas' Schoß saß. Sie war doch viel zu schwer für ihn. Sie glitt neben ihn. Er rückte etwas und sie versuchten sich den Sitz zu teilen, so gut es eben ging.

„Rita! Was geht hier eigentlich vor?" Jonas konnte seine Neugier kaum zügeln. Ihm war klar, dass es jetzt nicht mehr darum ging, so schnell wie möglich nach Hause zu fliegen.

„Wir wollen versuchen sie festzunehmen", sagte Rita. „Sie haben nur Treibstoff für etwa eine halbe Flugstunde. Ich rechne damit, dass sie den nächsten Flugplatz zum Tanken anfliegen. Und bis dann haben wir die Polizei benachrichtigt."

„Wow!", sagte Jonas.

Es war, wie er gehofft, hatte: Rita gab nicht gleich auf. Lovisa hatte ihm von zahllosen Abenteuern erzählt. Wenn man ihr glauben durfte, war Rita immer bis zum Schluss dabei. Harald ließ die Maschine eine weite Schleife drehen. Rita beugte sich vor und spähte nach der Seekiste. Sie hätte doch gerade vom Wasser abheben müssen. Die größte Chance sie zu entdecken bestand zu dem Zeitpunkt, wenn sie über der Wasseroberfläche flog.

Bald darauf hatte Rita Erfolg. Sie klopfte Harald auf die Schulter und deutete hinaus. Die Maschine mit dem rotweißen Kennzeichen drehte gerade einen scharfen Turn über dem See, etwa zweihundert Meter unter ihnen. Harald stieg noch etwas höher um nicht entdeckt zu werden. Dann folgte er dem Kurs der Verbrecher, aber mit gebührendem Abstand.

Die beiden Maschinen flogen ohne Navigationslichter durch die Nacht. Zwei dunkle Schatten, ein größerer und ein kleinerer, schossen mit einer Geschwindigkeit von zweihundert Stundenkilometern durch die Luft.

Menschenskinder, war das aufregend! Jonas versuchte vergeblich der Seekiste mit den Augen zu folgen. Es war schwer, die Maschine im Dunkeln auszumachen, und obwohl der Mond schien, verlor Jonas sie längere Zeit aus den Augen. Er sah Haralds Rücken vor sich, der ihm Vertrauen einflößte, und wünschte, dass er eines Tages selbst vor dem Steuerknüppel sitzen würde. Es wäre nicht schlecht, wie Harald oder Rita Pilot zu sein, dachte Jonas. Er schielte zu Rita hinüber. Was für eine tolle Tante er doch hatte! Lovisa kämpfte mit dem Schlaf. Das Dröhnen des Motors

114

und die Wärme von Jonas' Körper ließen sie aus der Gegenwart abdriften. Rajtan hatte sich auf ihre Füße gelegt, das wärmte sie schön.

„Okay, Rita!", sagte Harald. „Machst du die Meldung?"

Rita streckte sich nach dem schwarzen Mikrofon an der Decke, nahm es aus der Halterung, konzentrierte sich und sagte: „Tower von Siegfried, Emil, Friedrich, Caesar, Gustav, bitte kommen!"

13

Keine Antwort vom Tower. Der Himmel war blauschwarz und der Mond schien mit ihrer kleinen Maschine einen Wettlauf zu veranstalten. Wie schnell sie auch flogen, der Mond hing ständig vor der Fensterscheibe.

Jonas warf einen Blick auf Lovisas Uhr: halb zwei in der Nacht.

Was war, wenn niemand mehr auf dem Flugplatz Dienst schob? Aber dann würden ja die Diebe auch nicht tanken können. Was würden er und seine Freunde dann tun? Würden sie etwa landen und den Kampf mit den drei Typen aufnehmen müssen? Ein Schauder überlief Jonas. Er spürte einen Ruck und merkte, dass Lovisa an seiner Schulter eingeschlafen war. Wie schafft sie das bloß?, dachte er. Jetzt durfte man doch keine Sekunde verpassen!

Als Rita das dritte Mal den Tower anfunkte, wurde ein viel versprechendes Knistern im Lautsprecher hörbar. Gleich darauf bat sie eine männliche Stimme Position, Kurs und Höhe anzugeben. Rita machte die Mitteilung. Dabei sprach sie langsam und deutlich um sich nicht wiederholen zu müssen. Nach einem kurzen

Schweigen ertönte die Stimme wieder.

„Die Kunstdiebe sind in einem falsch gekennzeichneten Wasserflugzeug SE-FDI auf dem Weg nach Björklanda um aufzutanken. Die Polizei soll benachrichtigt werden und dorthin kommen. Habe ich richtig verstanden? Bitte kommen!"

„Richtig verstanden, alles Roger, SE-FCG, Ende."

Rita hängte das Mikrofon in die Halterung und atmete auf. Hoffentlich stimmten ihre Berechnungen. Wenn der Treibstoff wirklich ausgelaufen war, hatten sie keine Chance weiterzufliegen. „Jetzt können wir nur hoffen, dass die Polizei es rechtzeitig dorthin schafft", sagte Harald und warf eine Blick auf die Uhr. „Wir haben noch einen 25-minütigen Flug vor uns."

„Harald, das mit dem Fahrgestell tut mir sehr Leid", sagte Rita. „Ich muss wohl die Selbstbeteiligung bezahlen."

„Ach was! Das werde ich in Ordnung bringen ohne die Versicherung einzuschalten. Aber du könntest dich ja in Zukunft auf Flugplätze mit Besatzung beschränken", sagte er lächelnd.

„Okay, Chef!"

Während der nächsten Minuten saßen sie schweigend da und sahen in den tiefblauen Nachthimmel hinaus. Je näher sie dem Flugplatz kamen, desto größer wurde die Spannung. Jonas überlegte, ob er Lovisa wecken sollte, damit sie nichts verpasste. Aber er entschied sich, es sein zu lassen. Vielleicht war sie nicht so scharf auf Abenteuer wie er.

„Was machen wir, wenn wir ankommen?", wollte Simon wissen, der bis jetzt ungewöhnlich still gewesen war.

„Nun ja, landen werden wir jedenfalls nicht können", meinte Harald nachdenklich. „Dadurch würden wir die Polizei möglicherweise nur bei ihrem Einsatz stören. Ich schlage vor, dass wir erst mal abchecken, was gerade passiert. Wenn wir sehen, dass sie in die Falle gehen, nehmen wir Kurs auf unseren Heimatflugplatz."

„Und dann?"

„Dann müssen wir die Polizei benachrichtigen und erzählen, was wir wissen. Von besonderem Interesse dürfte das Diebesgut im Bootshaus sein. Wir wissen ja nicht, wie viel sie in der kleinen Maschine unterbringen konnten."

Rita beugte sich vor und las den Gyrokompass ab. Sie hatte doch ein wenig Angst und war deshalb unheimlich froh, dass sie einen Teil der Verantwortung auf Harald und Simon abladen konnte.

Jonas fing an Nägel zu kauen und schielte immer wieder auf Lovisas Armbanduhr. Noch fünf Minuten …, wenn die Berechnungen stimmten. Er sah in die Dunkelheit hinaus und glaubte weit vorne ein Licht zu sehen.

Harald hatte es auch gesehen. Sie näherten sich dem

Flugplatz. Plötzlich gingen schräg unter ihnen ein paar Navigationslichter an.

„Mein Gott! Sind sie denn so nahe!", rief Harald aus.

Er zog den Steuerknüppel und ließ die Maschine einige hundert Meter steigen. Rita schaltete die Towerfrequenz ein und sie hörten wie der Pilot unter ihnen um Landeerlaubnis anfragte. Der Fluglotse antwortete unmittelbar, bat ihn aber sich auf 300 Meter in eine Warteschleife zu begeben. Ein Flugzeug musste erst von der Landebahn entfernt werden.

Rita und Simon sahen sich an. Das konnte nur eins bedeuten: Die Polizei war da.

„Oje, oje!", seufzte Harald. „Hoffentlich sehen sie nicht, dass jede Menge Autos auf dem Flugplatz unterwegs sind. Ich lege mich auf 450 Meter über sie."

„Selbst wenn sie den Braten riechen, haben sie keine Wahl", stellte Rita ruhig fest. „Wenn ich mich nicht total irre."

„Das tust du bestimmt nicht. Bis jetzt läuft alles genau nach Plan."

Die Zeit verging im Schneckentempo und Jonas konnte vor lauter Aufregung kaum atmen. Er knuffte Lovisa vorsichtig. Jetzt durfte sie einfach nichts mehr verpassen. Sie blinzelte ihn schläfrig an.

„Jetzt sind wir am Flugplatz", flüsterte er. „Sie werden gleich landen."

„Wer landet?"

„Die Kunstdiebe natürlich! Die Polizei ist unterwegs."

Lovisa schien nicht im Geringsten überrascht. Sie gähnte breit und räkelte sich. Jonas spürte, dass sein Bein an der Seite, an der Lovisa saß, eingeschlafen war. Es kribbelte wie Sprudelwasser bis in seine große Zehe hinunter. Er versuchte die Stellung zu ändern, aber der Gurt hielt ihn und Lovisa zu dicht zusammen.

„Was treibst du?", fragte sie.

„Ich versuche nur mein eingeschlafenes Bein zu wecken."

Lovisa fing an zu kichern und Jonas bereute, dass er sie geweckt hatte. Mädchen waren manchmal komisch! Sie reagierten nicht normal, sondern immer ganz anders, als man dachte.

„Du kannst kurz den Gurt aufmachen", sagte Rita, die wie immer problemlos seine Gedanken erriet. „Dann könnt ihr ja die Plätze wechseln."

Jonas schnallte den Gurt ab und versuchte auf dem Fuß aufzutreten. Plötzlich spürte er ein Zwicken im Oberschenkel.

„Aua!", schrie er, worauf Lovisa noch mehr kicherte.

„Ich wollte nur dein Bein aufwecken", kicherte sie.

„Ihr Grünschnäbel dahinten! Bitte Ruhe auf den hinteren Plätzen, ja! Prügeln könnt ihr euch zu Hause!" Harald wollte, dass alles seine Ordnung hatte, wenn er flog.

Jonas sank mit rotem Kopf auf den Sitz. O Mann, war ihm das peinlich! Es war ihm wichtig, auf Harald und Rita einen guten Eindruck zu machen. Er glotzte stur zum Fenster hinaus um Lovisa nicht sehen zu müssen. Diese Zicke! Warum versuchte sie immer ihn zu blamieren?

„Harald, ich glaube, es ist so weit!", sagte Rita.

Kaum hatte sie das gesagt, gingen unten die Lichter der Landebahn an und der Flugplatz leuchtete ihnen entgegen wie eine breite Diamantenkette.

Jonas staunte über das grelle Licht und darüber, wie deutlich man die Landebahn sehen konnte. Lovisa hing ihm jetzt über der Schulter. Zuerst wollte er so tun, als merke er es nicht, aber dann rutschte er doch ein bisschen, damit sie aufwachte und die Schlussminuten miterleben konnte.

Der Pilot der Seekiste bekam Landeerlaubnis vom Tower und die Maschine setzte auf der Piste auf. Harald folgte ihrer Bewegung, dies aber in gehöriger Entfernung.

„Schaut! Da sind sie!"

Das rotweiße Flugzeug schwebte wie ein graziöser Vogel über die Landebahn und setzte auf, ohne ein einziges Mal zu hüpfen.

„Fliegen kann der Typ", sagte Harald und Rita nickte zustimmend. „Es ist keine leichte Übung, mit einem Amphibienflugzeug auf einer Bahn zu landen."

Die Lichter der Einflugschneise gingen wieder aus und nur die blaue Bahnbeleuchtung verriet, wo der Flugplatz war. Sie sahen, wie die kleine Maschine von der Bahn abbog, wendete und zum Stehen kam. Nirgendwo ein Lebenszeichen. Der Platz lag total verlassen da.

„Und wenn die Polizei es doch nicht rechtzeitig geschafft hat?", hauchte Simon atemlos.

„Wart's nur ab!", sagte Harald ruhig. „Wenn sie sich zu früh zeigen, hebt die Maschine wieder ab. *Touch and go* heißt das im Fliegerjargon."

Der Propeller hörte auf sich zu drehen, und als sich die Kabinentür öffnete, ging alles Schlag auf Schlag. Der kleine Flugplatz war von Licht überflutet und aus allen vier Himmelsrichtungen fuhren Polizeiautos mit Sirenen und Blaulicht auf die Maschine zu. Polizisten sprangen aus den Autos und liefen mit gezogener Waffe zu dem Amphibienflugzeug. Gleichzeitig fuhr der große Tankwagen auf die Startbahn um jeden Fluchtversuch zu verhindern.

„Das war es wohl!", sagte Rita.

„Jetzt fluchen sie aber da unten!", sagte Simon fröhlich.

„Ich hätte gern ihre Gesichter gesehen", sagte Harald und kreiste ein letztes Mal über den Flugplatz. Er stieg wieder auf 700 Meter und schaltete den Autopiloten zum Växjö-Tower ein.

Jonas seufzte tief und fand es schwer, zu akzeptieren, dass nun alles vorbei sein sollte. Er wäre gern dabei gewesen, als die Verbrecher da unten festgenommen wurden. Gleichzeitig wurde er von einer Müdigkeit befallen, die alles übertraf, was er bis jetzt erlebt hatte. Er spürte, wie ihm die Wirklichkeit entglitt ohne dass er das Geringste dagegen tun konnte. Wenn nicht dieses schniefende Geräusch gewesen wäre, dann ... Jonas richtete sich auf. Woher kam es?

Mensch! Da saß Lovisa neben ihm und heulte sich die Augen wund. Erst kichert sie wie ein Verrückte, dann flennt sie wie eine Heulboje! Sein Ärmel war schon völlig durchnässt und große warme Tränen tropften auf seine Hose.

„Lovisa? Was hast du denn?", fragte er unsicher.

Da schniefte sie aber noch mehr und Jonas wusste nicht, was er tun sollte. Wenn seine Schwester zu Hause heulte, ging es meistens darum, die Mutter auf ihre Seite zu kriegen. Aber hier ging es um etwas ganz anderes.

„Du? Magst du ein Brot essen? Es gibt noch eins mit Käse", sagte er um sie abzulenken. Aber Lovisa hatte keine Lust auf Brote. Sie schüttelte den Kopf und schluchzte noch mehr. Der Mond draußen segelte durch die Wolkenfetzen und schien Jonas spöttisch anzugrinsen. Wenn ihm nicht schleunigst etwas einfiel, würde er klitschnass werden.

14

Rita kam ihm zu Hilfe. Sie legte den Arm um Lovisa und tröstete sie.

„Ich hab so 'ne Angst", schluchzte sie.

„Nach Hause zu kommen?", fragte Rita.

„Sie werden fürchterlich mit mir schimpfen."

„Ich weiß. Ich werde mit deinen Eltern reden. Ohne dich hätten wir ganz schön dumm aus der Wäsche geschaut. Du hast eine Heldentat vollbracht."

„Das werden meine Eltern aber nicht so sehen. Sie halten nichts von Heldentaten."

„Wir werden sie bestimmt überzeugen", sagte Rita entschlossen. „Das Wichtigste ist, du weißt, dass wir dich nicht im Stich lassen werden. Ich rufe deine Eltern sofort an, wenn wir gelandet sind. Und dann bleibst du bei mir und schläfst dich erst mal aus."

„Und dann?"

„Dann begleiten Simon und ich dich nach Hause und erzählen deinen Eltern, was passiert ist."

Jonas spürte, wie Lovisa sich neben ihm entspannte.

Sie wischte sich mit dem Taschentuch, das sie von Rita bekommen hatte, die Tränen ab und schnäuzte sich laut. Er versuchte sich vorzustellen, wie es wäre, wenn er so einen Bammel vor seinen Eltern hätte. Aber das konnte er sich gar nicht vorstellen. Klar, rasteten seine Eltern auch manchmal aus, aber Angst hatte er deswegen nie vor ihnen gehabt.

„Rajtan möchte bei dir sein", sagte Jonas zu Lovisa um ihr eine Freude zu machen.

Er hob den Dackel auf ihren Schoß. Lovisa bohrte ihre Nase in das Hundefell und Rajtan leckte Lovisas Ohr ab.

Fünf Minuten später schliefen Jonas und Lovisa wie die Murmeltiere. Sie lehnten aneinander wie zwei vom Wind entwurzelte Bäume. Rita sah die beiden mit Wärme und Dankbarkeit an. Welche Erleichterung, dass sie beide wohlauf waren! Rita unterdrückte ein Gähnen und warf einen Blick auf den grünen Zeiger auf dem Instrumentenbrett. In einer halben Stunde würden sie auf dem Heimatflugplatz sein. Aber noch blieb einiges zu tun, bevor sie schlafen konnten.

Ein rot glühender Horizont im Osten kündigte den Sonnenaufgang an und der Himmel war hellrosa, als Harald zur Landung ansetzte. Simon war an seiner Seite eingenickt und wachte gerade auf, als die Maschine landete.

„Donnerwetter! Sind wir schon zu Hause?"

Er streckte sich und suchte Ritas Hand hinter sich. Zu seiner Enttäuschung entzog sie sie ihm aber. War sie sauer auf ihn?

„Ich hätte doch ein Bild vom Sonnenaufgang schießen wollen", seufzte er enttäuscht.

„Apropos Bild, meinst du, dass die Kamera in Ordnung ist?", fragte Rita.

„Sicher. Ich habe da drüben jede Menge Bilder gemacht."

„Prima. Vielleicht brauchen wir sie als Beweismaterial."

„Verdammt! Daran habe ich nicht gedacht. Ich habe natürlich alles nur so geknipst, wie ich es sonst tue."

Nicht einmal als der Motor verstummte, wachten Jonas und Lovisa auf. Sie schlummerten fest wie zwei Säuglinge, die im Auto eingeschlafen waren.

„Ich bringe es nicht übers Herz, sie aufzuwecken", sagte Rita zu Simon. „Lass sie hier sitzen, bis wir unsere Anrufe getätigt haben."

Sie verließen zusammen das Flugzeug. Harald wollte der örtlichen Polizei mitteilen, wo die Seekiste gelandet war, Rita ging Lovisas Eltern anrufen. Simon holte seine Zigaretten heraus. Er fühlte sich ausgeschlossen.

„Du kannst doch Rajtan einen Augenblick ausführen", bat ihn Rita, bevor sie mit Harald zusammen im Büro verschwand.

Simon nahm einen tiefen Zug aus seiner Zigarette und blies ihnen verärgert den Rauch hinterher. Er fauchte den Hund an und zerrte an der Leine, obwohl es gar nicht nötig war.

Lovisas Vater hob ab. Er sagte nur: „Aha, ach so, aha."
Nein, sie hätten die Polizei nicht angerufen. Sie seien der
Meinung gewesen, dass Lovisa irgendwann von selbst
wieder auftauchen würde. Rita fasste sich sehr kurz und
sagte, dass sie im Laufe des Tages mit Lovisa herüber-
kommen würde. Aber sie konnte nicht umhin darüber
zu staunen, dass Lovisas Eltern sich nicht mehr Sorgen
gemacht hatten.

Es war Viertel nach vier, als sie alle zusammen zum
Parkplatz gingen. Jonas und Lovisa bildeten das
Schlusslicht. Sie waren schlaftrunken und durchge-
froren.

„Die Festnahme ist ziemlich undramatisch verlaufen",
erzählte Harald. „Die Diebe haben sich kampflos erge-
ben. Die Maschine war voll mit wertvollen Bildern aus
dem Nationalmuseum und dem Millesgarten. Ein Teil
der Beute wird noch im Bootshaus sein. Ich habe der
Polizei die Stelle genau beschrieben. Ich habe auch
erwähnt, dass du Fotos gemacht hast, Simon. Deshalb
nehme ich an, dass sie von sich hören lassen werden."

„Wenn wir nur erst eine Runde schnarchen dürfen",
seufzte Simon.

Die Sonne stieg hinter den Baumwipfeln herauf und
der Boden war nass von Tau. Eine Amsel saß im höchs-
ten Wipfel und begrüßte jubilierend den neuen Tag. Rita
wandte sich Harald zu und sah ihn an ohne ein Wort zu
sprechen.

„Danke!", sagte sie schließlich und umarmte ihn fest. „Danke, dass du dich hast überreden lassen nach mir zu suchen. Du hast uns das Leben gerettet. Jonas und mir."

„Na ja, das ist doch eher Simons Verdienst. Und Lovisas", sagte Harald und lächelte sie an. „Gute Nacht, ihr Lieben! Vielleicht sehen wir uns morgen … oder heute, meine ich."

Das Letzte, an das sich Jonas von dieser Nacht erinnern konnte, war, dass sie in Ritas Golf einstiegen. Wie er in den Pyjama und dann ins Bett in seinem kleinen Zimmer kam, davon hatte er später keinen blassen Schimmer mehr.

„Jonas! Wach auf!"

Lovisa stand über ihn gebeugt und rüttelte an seinen Schultern. Als er aber nur knurrte und sich wieder umdrehte, zog sie neckend an seiner Decke. Nein, jetzt reichte es aber! Jonas richtete sich verschlafen auf und zog die Decke um seinen Oberkörper. Diese Zicke! Sie trat ihm irgendwie immer zu nahe, bevor er sich darauf gefasst machen konnte. Dann klärte sich sein Gedächtnis und er lächelte sie prüfend an. Sie hatten ja schon jede Menge gemeinsame Erinnerungen.

„Jonas, die Presse ist hier!"

„Die Presse?", fragte Jonas erstaunt.

„Die Zeitungen, du Blödmann! Die Journalisten wollen uns interviewen. Wir sind die Helden des Tages!"

Lovisa lachte ihr perlendes Lachen. Jonas dachte daran, wie schnell ihre Launen wechseln konnten. Er kam nie ganz mit.

„Mensch! Du meinst doch nicht etwa, dass sie schon hier sind?"

„Ja, klar. Sie unterhalten sich mit Rita und Simon. Harald wollte auch gleich kommen."

„Ich muss aber erst duschen. Ich bin total dreckig!"

„Wir können ja zusammen duschen, du und ich", kicherte Lovisa.

„Spinnst du! Ich dusche jedenfalls allein", sagte Jonas und kroch aus dem warmen Bett.

Sicherheitshalber hielt er die Pyjamahose mit einer Hand fest. Das Gummiband in der Taille war etwas schlaff, und man konnte nie wissen, was in Begleitung dieses Mädchens ablaufen würde. Er zog ein Handtuch aus der Tasche und ging in Richtung Badezimmer. Denkste! Kurz vor der Tür trat er in etwas Klebriges am Boden.

„Scheiße! Was ist denn das?"

„Schildkrötenkacke", erklärte Lovisa munter. „Ich habe vorher mit Homer draußen im Flur trainiert."

Jonas warf ihr einen Blick voller Abscheu und Ekel zu und eilte ins Bad, bevor sie ihn zum Lachen brachte. Zu spät war ihm eingefallen frische Wäsche mitzunehmen. Es blieb ihm nichts anderes übrig als auf dem Rückweg das Handtuch um die Hüfte zu binden.

Er genoss das heiße Wasser auf dem Körper und seifte sich zweimal überall ein. Dann untersuchte er die kräftigen blauen Flecken um Hand- und Fußgelenke. Die sahen echt brutal aus. Sie waren der Beweise für das, was er erlebt hatte. Ein Glück, dass alles vorbei war, heute wirkte alles wie ein Traum.

Als Jonas zurückkam, war das Zimmer leer, und er zog die Tür hinter sich zu, während er sich anzog. Stimmen und Gelächter drangen aus der Küche zu ihm hinauf. Er kämmte seine Haare in verschiedene Richtungen, bevor er sich für eine entschied. Dafür fand er aber nur verschiedene Socken. Er suchte vergeblich nach dem passenden blauen Socken. Der Inhalt seiner Tasche war ein einziges Durcheinander und in den Schubfächern fand er auch nichts.

„Suchst du diesen hier?", hörte er Lovisas Stimme in der Tür.

Er drehte sich um und sah sie dort mit seinem blauen Socken in der Hand stehen. Wie lange hatte sie ihm zugeschaut? Rot im Gesicht ging er zu ihr und nahm ihr den Socken ab.

Sie gingen zusammen die Treppe hinunter, blieben aber in der Tür zur Küche stehen. Das Zimmer war voller Menschen mit Blöcken, Kameras und Tonbandgeräten. Am Küchentisch saßen Rita, Simon und Harald. Rita wirkte aufgeräumt und hatte rote Flecken auf den Backen. Sie hatte die Flugkarte vor sich liegen.

„Guten Morgen, Jonas und Lovisa!", rief sie. „Ich glaube, jetzt müssen wir doch in den Saal umziehen. Hier hat kein Mensch mehr Platz."

Lovisa und Jonas durften auf dem Korbsofa mit dem gesprenkelten Bezug Platz nehmen. Dort wurden sie von allen Seiten und in allen möglichen Posen fotografiert, mit den Kalebassen als Hintergrund.

Jonas musste seine blauen Flecken zeigen und eine Menge Fragen beantworten: Was für ein Gefühl es gewesen sei, als Geisel genommen zu werden. Ob er Angst gehabt habe und woran er gedacht habe. Lovisa musste erzählen, wie sie Rajtan zum Spürhund ausgebildet hatte. Denn das war der entscheidende Grund dafür gewesen, dass sie Rita und Jonas so schnell gefunden hatten.

Rita lobte den Einsatz der jungen Leute und betonte immer wieder, dass es ihrer aller gemeinsame Leistung gewesen sei, die zu einer glücklichen Lösung geführt habe.

Es klingelte an der Tür und ein Kurier brachte Simons Fotos. Er schlitzte den Umschlag auf und breitete die Bilder auf dem Tisch aus. Sie zeigten den beschädigten Cub, die Landung auf dem Feld, den Mann, der Harald im Schwitzkasten hatte, das Bootshaus und Rita und Jonas, die gefesselt auf dem Boden lagen, sowie Rajtans Tanz mit dem Verbrecher. Simon steckte schnell die Negative in die Brusttasche und versuchte sich gegen die Journalisten zu wehren, die sich um die Motive balgten. Alle Blicke waren auf ihn gerichtet.

„Okay, Sie können mir gern die Bilder abkaufen, aber wir müssen das alles vorher mit der Polizei klären", sagte Simon resolut.

Er war zufrieden, dass auch sein Einsatz sich als wichtig herausgestellt hatte. Rita schien stolz auf ihn zu sein und das nährte sein Selbstgefühl.

„Simon hat Recht", sagte Harald. „Die Polizei muss erst die Bilder sehen. Sie sind ja das wichtigste Beweismaterial."

Ein enttäuschtes Gemurmel kam von den Presseleuten. Jonas sah Rita fragend an.

„Zeitungsmenschen haben es doch immer so eilig, weißt du", flüsterte ihm Rita ins Ohr. „Jeder will der Erste mit den neuesten Schlagzeilen sein."

Da klingelte es wieder an der Tür. Ein breitschultriger, grober Kerl trat in den Flur. Er knallte die Tür so fest zu, dass eine der Kalebassen von der Wand hinunterfiel und in tausend Stücke zerbrach. Es wurde mucksmäuschenstill im Saal.

Jonas spürte, wie Lovisa sich zitternd neben ihm duckte, als der Blick des Mannes durch das Zimmer wanderte.

„Lovisa! Jetzt kommst du aber sofort nach Hause!"

15

Lovisa rührte sich nicht. Der Mann machte eine bedrohliche Bewegung nach vorne. Er schien ganz unberührt von all den Menschen, die um ihn herumstanden.

„Halt!", rief Rita und erhob sich. „In diesem Fall will ich auch mitkommen."

„Das ist nicht notwendig", sagte der Mann trocken.

„Für mich ist es aber notwendig", sagte Rita, den abweisenden Ton ignorierend.

„Entschuldigen Sie uns bitte?", sagte sie zur Presse gewandt. „Harald kann sicherlich alle Ihre Fragen beantworten, falls Sie noch welche haben."

Sie machte Simon ein Zeichen. Sie nahmen Lovisa in die Mitte und verließen mit ihr das Zimmer. Sie sah so unglücklich aus, dass Jonas nicht anders konnte als auch aufzustehen. Er folgte den anderen nach draußen.

Sie gingen zu Lovisas Haus hinüber. Sie kamen in einen verwilderten Garten, wo die Brennnesseln genauso viel Platz beanspruchten wie die Blumen. Vor dem Haus spielten kleine Kinder verschiedenen Alters. Der Mann öffnete die Tür zu einer Veranda, die voll von

Schuhen und Unrat war. Der verschlissene Linoleumbelag schlug vor Feuchtigkeit und Schimmel Wellen.

Sie traten in die Küche dahinter, wo eine Frau mit einem der Kinder beschäftigt war. Es war das erste Mal, dass Rita ihre Nachbarin begrüßte. Die Frau wirkte scheu und wischte sich unablässig die Hände an ihrem Kleid ab.

„Lovisa!", rief sie mit schriller Stimme. „Wo hast du denn gesteckt? Wir haben uns solche Sorgen gemacht. Sie hat Ihnen doch keine Umstände gemacht?"

„Überhaupt nicht!", sagte Rita. „Ganz im Gegenteil! Sie hat Jonas und mir das Leben gerettet, Frau Rindar. Es tut mir nur Leid, dass wir Ihnen nicht früher Bescheid geben konnten, wo sie sich befand."

„Na ja, da nehmen wir es nicht so genau: Es war nur ärgerlich, weil Lovisa mir abends immer mit den Kleinen hilft. Sieben Kinder beanspruchen viel Zeit."

Der Vater hatte mit gekreuzten Armen auf der Küchenbank Platz genommen. Er schaute immer noch finster drein.

Aha, da drückt also der Schuh!, dachte Rita. Sie hatten Lovisas Hilfe vermisst, aber nicht sie selbst. Und wenn jemand sauer war, dann der Vater! Sie dachte fieberhaft über eine Lösung nach, während Simon erzählte, was sie erlebt hatten. Weil Rita ihn darum gebeten hatte, achtete er darauf, die Schuld für Lovisas Verschwinden auf sich zu nehmen.

Jonas stand ganz hinten. Ihm wurde richtig schlecht von der unangenehmen Stimmung in der Küche. Ihm kam alles mehr wie ein Verhör vor als ein Treffen zwischen Familienmitgliedern. Warum umarmten sie sich nicht? In diesem Haus schien es gar keine Wärme zu geben. Er dachte daran, wie seine Mutter reagieren würde, wenn er eine Nacht wegbleiben und dann wieder auftauchen würde. Mann, o Mann, da würde sie ihn vielleicht umarmen und abküssen. Lovisa war wirklich arm dran!

Simon verstummte und nur das eintönige Ticken der Küchenuhr war zu hören. Der Vater verzog immer noch keine Miene.

„Ich wollte fragen, ob Lovisa in diesem Sommer ein paar Wochen bei mir jobben darf?", fragte Rita unvermittelt. „Sie könnte sich um das Haus kümmern, wenn ich fliege. Das bedeutet aber auch, dass sie bei mir wohnen müsste. Ich habe ja so unregelmäßige Arbeitszeiten. Sie bekommt Kost und Logis plus Taschengeld."

Jonas und Simon starrten Rita verdutzt an.

„Ich weiß nicht recht …", sagte die Frau verunsichert.

„Für wie lange?", fragte der Vater.

„Na ja, bis die Schule wieder angeht. Ich brauche sie wirklich."

Rita fiel auf, dass die Eltern keinen Gedanken drauf verschwendeten, Lovisa selbst zu fragen. Das bestärkte sie in ihrer Meinung, dass etwas geschehen müsse.

Nach einigem Zögern willigten die Eltern ein, dass Lovisa für den Rest des Sommers in Ritas Haus übersiedelte. Lovisa selbst verzog keine Miene. Jonas konnte nicht fassen, wie sie das schaffte. Er konnte ja nicht wissen, dass Lovisa eine Überlebenstechnik entwickelt hatte, die darauf hinauslief, ihren Vater so wenig wie möglich zu reizen. Sie zeigte selten ihre Gefühle.

Jonas freute sich darüber, dass sie zu ihnen ziehen sollte, auch wenn das bedeuten würde, dass er immer vor ihr auf der Hut sein müsste. Es störte ihn auch ein bisschen, dass er Rita nie allein für sich haben würde, aber das musste er eben hinnehmen.

Sie warteten in der Küche, während Lovisa ein paar Kleider in eine Tasche einpackte. Rita war es sehr wichtig, dass sie gleich mitkam. Sie sagte, dass die Polizei gewisse Informationen bräuchte, die nur Lovisa ihr geben könnte. Simon bemühte sich ein Gespräch mit dem Vater anzufangen, aber der Erfolg war gleich Null.

Als sie endlich auf dem Rückweg zu Ritas Haus waren, hüpfte Lovisa vor und zurück wie ein munteres Kaninchen. Jonas fühlte sich ebenfalls erleichtert. Es juckte auch ihn in den Beinen, nur hüpfte er nicht herum. Rita und Simon sahen sich an.

„Ich konnte sie einfach nicht dalassen", flüsterte sie. „Ich glaube der Vater hätte sie grün und blau geschlagen.

Simon nickte und holte seine Zigaretten heraus. Er hatte dasselbe Gefühl gehabt.

Als sie in die Küche kamen, saß Harald allein dort und telefonierte. Er winkte ihnen aufgeräumt zu und sie setzten sich neugierig zu ihm.

„Ich bin am Verhungern, Rita", sagte Jonas.

„Ach, du liebe Zeit! Du hast ja gar nichts gegessen. Da kannst du mal sehen, was für eine prächtige Tante du hast."

„Ich könnte Kakao machen", sagte Lovisa fröhlich. „Wie viel?"

„Mach nur für euch zwei", sagte Rita. „Ich glaube, dass Simon und ich lieber Kaffee trinken."

Plötzlich war es, als sei Lovisa ein ganz neuer Gedanke gekommen. Sie stellte den Kochtopf ab und warf sich Rita an den Hals. Die Tränen kullerten ihr die Backen hinunter.

„Schon gut, ich habe dir doch versprochen, dass ich dich nicht im Stich lasse", sagte Rita lächelnd. Sie strich Lovisa über die Haare. „Und das mit dem Job sollst du nicht so eng sehen. Ich betrachte dich als Familienmitglied. Wir können uns später noch genauer darüber unterhalten, wenn das Ganze hier vorbei ist."

Gerade als Harald das Gespräch beendet hatte, kochte die Milch über und zischte dabei gewaltig. Lovisa schrie auf und erwischte den Topf, während Rajtan es vorzog, sich unter der Küchenbank zu verkriechen.

„Hört mal her, meine wilde Bande! Wollt ihr mir einen Augenblick zuhören?", bat Harald lächelnd.

„Auch du, Lovisa. Lass das! Das kannst du später auf-wischen."

Er räusperte sich und blickte sie bedeutungsvoll an.

„Die Polizei war an der Strippe. Wieder! Sie haben erzählt, dass der Kunstverein eine Belohnung von hundertfünfzigtausend Kronen für den- oder diejenigen ausgesetzt hat, die dazu beitragen, die Kunstdiebstähle aufzuklären und die Bilder wieder zu finden."

Man hätte jetzt ohne weiteres in der Küche eine Stecknadel fallen hören können.

„Und?", fragte Simon.

„Und heute haben sie beschlossen die Summe an uns fünf auszubezahlen. Das macht ..., lass mich rechnen, dreißigtausend Kronen für jeden von uns."

Jonas und Lovisa sahen sich an. Sie mussten sich wohl verhört haben. Aber Harald sah ganz ernst aus.

„Stimmt das?", fragte Jonas vorsichtig.

„Es stimmt!", sagte Harald.

„Steuerfrei?", fragte Simon.

„Steuerfrei", sagte Harald.

Jetzt begann ein wilder Kriegstanz in der Küche. Alle johlten und jaulten vor Freude und Rajtan kroch immer tiefer unter die Bank.

„Das müssen wir feiern", sagte Rita. „Ich besorge schnell ein paar Leckerbissen und etwas zu trinken."

„Leider muss ich euch enttäuschen", sagte Harald. „Alice hat lange genug gewartet."

„Siehste, Simon", konnte Rita sich nicht verkneifen zu sagen. „Manchmal lohnt es sich doch, die Nase in anderer Leute Angelegenheiten zu stecken!"

Jonas fiel ein, dass er zu Hause anrufen musste. Es wäre nicht gut gewesen, wenn seine Eltern die Nachrichten aus der Zeitung erfahren müssten.

„Redest du auch mit ihnen, Rita?", fragte er flehentlich. „Sonst muss ich vielleicht auf der Stelle nach Hause fahren."

Rita seufzte schwer. „Okay, ich werde wohl den Stier direkt bei den Hörnern packen müssen."

Später, als sie sich von Harald verabschiedet hatten, fuhren Simon und Rita einkaufen. Es war inzwischen schon Nachmittag, und Lovisa und Jonas saßen auf der Treppe und hatten Rajtan zwischen sich. Die Steine waren heiß von der Sonne und kleine flaumige Sommerwolken hüpften über den Himmel. Die schaurige Nacht schien lange zurückzuliegen.

„Wollen wir spazieren gehen?", fragte Lovisa mit dem Schalk im Auge.

„Mm, aber dann ziehe ich erst meine Badehose an", sagte Jonas.

„Ich bin schon bereit", sagte sie und hob den Pulli hoch, sodass der getupfte Badeanzug hervorschaute.

Als Jonas wieder herunterkam, war sie schon ein Stück vorausgegangen. Er fing an zu laufen und holte sie direkt am Waldrand ein. Er überlegte, ob er ihre Hand nehmen sollte, aber es kam ihm jetzt nicht mehr so natürlich vor, wie es zuvor im Wald gewesen war. Sicherheitshalber steckte er die Hand in die Tasche.

„Es geht nicht gerade gemütlich bei dir zu Hause zu", sagte Jonas.

„Nein, kann man nicht behaupten", sagte Lovisa einfach. „Aber ich komme klar. Mama ist manchmal ganz nett, wenn sie sich traut – wegen Papa."

„Aber warum lässt sie sich denn nicht scheiden?"

„Sie wäre dann allein stehend mit sieben Kindern und ohne Job. Wie soll sie das schaffen? Nein, sie traut sich wohl nicht. Was wirst du mit dem Geld machen, Jonas?"

„Weiß noch nicht recht. Ein Motocross-Bike kaufen vielleicht. Und du?"

„Ich weiß es auch noch nicht. Es aufheben, bis ich von zu Hause ausziehe. Wenn ich es behalten darf, versteht sich."

Auf den Gedanken wäre Jonas nie gekommen, dass er sein Geld nicht behalten durfte! Diese Zeit mit Lovisa hatte ihm klar werden lassen, dass es eine Menge gab, worüber er sich freuen konnte: über Dinge, die ihm vorher ganz selbstverständlich gewesen waren.

„Stell dir vor, vor nur ein paar Stunden saßen wir noch im Wald und wussten nicht, ob wir wieder nach Hause kommen würden", sagte Lovisa. „Es ist alles wie ein Traum."

Jonas nickte. Es war in den letzten paar Tagen – und Nächten – so viel passiert, sie kamen ihm wie Wochen vor.

Die Bäume lichteten sich, es wurde heller und sie waren am Waldsee angekommen. Er nahm die Hände aus den Taschen.

„Ich habe das Gefühl, dass wir ein paar total schöne Wochen zusammen haben werden", sagte Jonas.

„Wir pfeifen auf alles, was schwierig ist: die Schule, die Kumpel, die Eltern, was meinst du?"

Lovisa ließ sich nicht zweimal bitten. Sie war Fachfrau darin, sich über das Hier und Jetzt zu freuen. Schnell zog sie ihren Pulli und die Shorts aus, stieß ihn an und lief lachend vor ihm ins Wasser.

VERONICA WÄGNER

TOWER – Bitte kommen!
Gefährliche Fahndung

Jonas macht Ferien in einer abgelegenen Gegend. Dort gehen merkwürdige Dinge vor: Fremde Autos rasen nachts am Haus vorbei, obwohl dahinter die Straße zu Ende ist. Ein Mädchen wird fast von einem vorbeiflitzenden Wagen überfahren. Was ist das Ziel der Geisterfahrer? Jonas fahndet auf eigene Faust und stößt auf eine verfallene Hütte tief im Wald. Nach dieser Entdeckung ist ihm klar: Nur mit Rita und ihrem Flugzeug hat er eine Chance.

SCHNEIDER BUCH